十津川警部 捜査行

宮古行「快速リアス」殺人事件

西村京太郎

双葉文庫

目次

十津川警部捜査行
宮古行「快速リアス」殺人事件

宮古行「快速リアス」殺人事件

1

三十五歳の荒木圭介《あらきけいすけ》は、このところ、金がなくて困っていた。といって、最近の不景気で、仕事を失ったわけではない。もともと、この男は、働くのがいやなので、仕事に就《つ》いていないのだ。

荒木が、今までにやってきたことといえば、窃盗に始まって詐欺、恐喝、そして、強盗傷害である。

おかげで、すでに、前科三犯である。

荒木は、手っ取り早く恐喝か、窃盗をやってみようと思ったが、もし、今度逮捕されてしまうと、かなり長い、刑務所暮らしを覚悟しなければならない。それではかなわない。

そこで、最近覚えたパソコンを使って、仕事探しの掲示板で、求職活動をすることにした。もちろん、手軽く、金になる仕事である。

十月十二日、荒木が書きこんだメッセージは、次のようなものだった。

〈投稿者：圭介
仕事がほしい。危ないことでも引き受ける。
ただし、ギャラは高いぞ〉

2

掲示板に書きこみをしたのは初めてだったので、それほど期待はしていなかったのだが、しかし、なぜかすぐ、メールで、答えが返ってきた。


〈圭介さんへ。

やってもらいたい仕事がある。仕事は簡単だ。東北のある町まで、こちらが依頼した荷物を、運んでもらいたい。

手つけとして十万円、それに実費を払う。希望する相手に届けてくれた時点で、あと二百万円支払おう。

いっておくが、運んでもらう品物は、法律に触れるようなものではない。

ただし、間違いなく、こちらが望む列車に乗り、必ず相手に、届けてくれること。それが条件だ。

もし、OKならば、住所をしらせてくれ〉

それを読んで、荒木が感じたのは、これは間違いなく、危ない仕事だろうということだった。

メールには、運ぶものは、法律に触れるようなものではないと書いてはあるが、そんなものを運ぶだけで、二百万円もの金をくれるわけがない。

とすれば、大麻とか、覚醒剤を運ばせるのではないかと、考えた。

しかし、そんなやばい仕事を、こちらのことを、どんな人間かもわからずに、頼む者がいるだろうか?

荒木は首をかしげたが、ともかく金がほしかったので、

「OK」

の返事をして、住所をしらせた。

すると、突然、荒木が住んでいるマンションに、十万円が入った現金書留と封筒が、届いた。

封筒のほうには、パソコンで打たれた便箋一枚の手紙と、東京・盛岡《もりおか》間の東北

新幹線のグリーン車の切符、それに、盛岡経由で、山田《やまだ》線で、宮古《みやこ》までいく切符が、同封されていた。

便箋には、こうあった。

〈十月十六日に、同封した切符を使い、岩手県の宮古まで、いってほしい。宮古駅に、私の知り合いが待っていて、あなたから品物を受け取るはずである。

その時に、二百万円が、支払われる。

その品物は、あなたが盛岡駅一三時五一分発の『快速リアス』に乗ったあと、最後部車両のなかで渡される。こちらの希望どおりに、その品物が、宮古駅で待っている私の知り合いに、きちんと、渡されれば、間違いなく、その場で、あなたに二百万円が支払われる。

念のために、書いておくと、今回、この仕事のためだけに、あなたを雇ったのであって、その後のつき合いは考えていない〉

手紙から目をあげて、もう一度、新幹線の切符を見ると、確かに十月十六日になっていた。

十月十六日は、明後日のウィークデーである。

3

久しぶりに、十万円という、まとまった金が手に入ったので、荒木は、その夜、いきつけのクラブに、飲みにいった。

その店〈クラブまゆみ〉のママ、川田真由美《かわだまゆみ》は、昔からの知り合いである。荒木に、二つの前科があることも、しっていてのつき合いだった。

「久しぶりね」

真由美が、笑顔で、迎えてくれる。

「このところ、金がなくてね。しょうがねえなと思っていたら、突然、スポンサーが現れてさ。それで金が入ったので、飲みにきたんだよ」

「本当に、あなたみたいなわるに、スポンサーがついたの？」

ママは、笑っている。

「ああ、仕事をくれたんだ」

「そのスポンサーって、いったい、どんな人なの？」

「わからねえよ」

「危ない仕事じゃないの？」

「いや、ちょっと、旅行するだけだから、そんなことはないと思うよ」

「旅行するだけで、お金になるの？」

「ああ、そうだ。岩手県に、宮古という町があるらしい」

「宮古ならしっているわ。私、東北の生まれだから」

と、ママが、いった。

「そうか、ママは、東北の生まれか。その宮古にいって、頼まれたものを渡せば、まとまった金が、もらえるんだ」

荒木は、二百万円という金額は、いわなかった。それをいうと、荒木は、この店に、借金があるから、ママに、すぐに返してくれといわれるのではないかと思い、用心したのだ。

「明後日十六日に、その旅行をするから、帰ってきたら、そうだ、ママに、何か、プレゼントしよう」

「プレゼントは、嬉しいけど、その前に、今までのツケを払ってよ」

ママが、笑いながら、いった。

4

十月十六日一三時五一分、定刻に、盛岡駅を発車した「快速リアス」は、間もなく、宮古駅に着こうとしていた。

快速といっても、三両編成の、短いディーゼル列車である。

車掌の岩本《いわもと》は、盛岡から釜石《かまいし》までの、山田線に乗務して、今年で十年になる。

盛岡から宮古にいく山田線は、昔から、乗客の少ないローカル線だった。それが、ここにきて、ますます過疎になってきたような気がする。今、盛岡・宮古間を走る列車は、一日に、上下とも四本しかない。見事なほどの過疎の路線である。宮古からは三陸《さんりく》鉄道の北リアス線に接続されている。そちらのほうが、客が多いといわれている。

今日も三両編成で走っているのだが、一両に、せいぜい四、五人の乗客の姿しかなかった。

三両編成の最後部の車両に乗っている客は、全部で四人である。四人は、ばらばらに座っている。

その四人のうちのひとりが、検札の時、宮古までいく切符を、持っていた。盛岡駅を発車したあと、確か、女性が隣に、座っていた。岩本は、その乗客のところに近づいていった。

ちょっと目つきの鋭い男だったので、ひょっとすると、その筋の男ではないかと思って、気になっていたのだが、今は、窓際に、寄りかかるようにして眠っているように見える。

岩本は、男の肩を叩きながら、

「お客さん、間もなく宮古に、到着しますよ」

と、声をかけた。

しかし、返事がない。

仕方なく、もう一度、少し強めに肩を叩いた途端に、男の体は、座席から床に、ゆっくりと倒れこんでいった。

仰向けになった男の顔の、唇あたりから血が噴き出してそれが乾いていた。

体と一緒に、ウイスキーを入れたスキットルが床に転げ落ちたが、蓋がしてなかったので、なかのウイスキーが床に漏れ出した。

岩本が、呆然としている間に、三両編成の「快速リアス」は、宮古駅に、到着した。

意識のない乗客を、宮古駅で降ろし、駅員がすぐ、救急車を呼んだ。

駅近くの宮古消防署から、救急車がきて、救急隊員二人が、ホームに、入ってきた。

彼らは、駅長事務室に収容されている男の脈を診《み》、心臓の鼓動を調べたあと、駅員に向かって、

「もう亡《な》くなっていますよ」

と、いった。

「病気か何かですか？」

「いや、断定はできませんが、病死ではないでしょう。おそらく、青酸カリによる中毒死ではないかと、思いますね」

救急隊員のひとりが、いった。

顔を近づけると、青酸カリ特有のアーモンドの匂いが、したからである。

駅員のひとりが、スキットルを手に取り、その蓋が、外れていたので、なかを覗こうとする。救急隊員が、慌てて、

「触らないで、そのままにしておいてくださいね。たぶん、そのなかに入ってい

る、ウイスキーに、青酸カリが、混入されているんだと思いますから」

5

救急隊員の目から見れば、青酸カリによる中毒死であることは、まず間違いなかった。

今度は、救急隊員は、ただちに、警察に連絡した。

警察は、すぐパトカーに乗った鑑識と刑事が、宮古駅に、急行してきた。

警察は、すぐ死体を、司法解剖に回すことにした。その結果が判明するまでに、警察としては、死んだ乗客の身元を、確認したかった。

年齢は三十五、六歳だろうか、身長は百七十五センチほど、体重は六十五キロぐらい、やや痩せ型の男である。

男は、東京から宮古までの切符を、持っていたが、それ以外に、身元を明らかにするようなものは、何も、見つからなかった。身分証明書も携帯電話も、そして、運転免許証も、持っていなかった。

ただ、折り畳み式のナイフを所持しており、奇妙なことに、コートのポケットには、高さ二十センチほどのこけしが入っていた。

そのほか、財布には、一万三千円ほどの現金が入っており、腕にはめていた時計は、せいぜい二万円くらいの、それほど高くない、国産時計だった。

宮古警察署では、すぐに、男の指紋を採り、警察庁に送った。その結果、男の身元は、すぐわかった。

警察庁に集められている前科者指紋カードのなかに、男の指紋と一致するものが、あったからである。

男の名前は、荒木圭介、三十五歳。窃盗と強盗傷害の二つ前科があった。現在の住所は、東京都渋谷《しぶや》区初台《はつだい》のマンションである。

司法解剖によって、わかったのは、死因は、やはり青酸カリによる中毒死ということ。死亡推定時刻は、午後二時から三時までの間ということだった。

スキットルに入っていたのは、一本三万円から五万円もする高級なウイスキーで、そのウイスキーのなかには、もちろん、大量の青酸カリが、混入されていた。

警察庁からしらされた荒木圭介という男の性格などは、次のようなものだった。

〈体は頑健、酒好き、特にウイスキーを好む。女好きで、過去に、二人の女性と同棲生活を送ったことがある。どちらの場合も、ヒモのような生活をしていて、最後は、女性のほうが逃げ出している。生活態度は、怠惰〉

そうした報告を受けて、宮古警察署というより岩手《いわて》県警は、この事件は自殺とは考えられず、殺人事件の可能性が、高いとして、ただちに、捜査本部を、設けることになった。

この殺人事件の捜査に当たることになった岩手県警の、白石警部が、最初に話をきいた相手は、荒木圭介が乗っていた、十月十六日一三時五一分盛岡発「快速リアス」の車掌だった。

岩本という車掌は、白石の質問に答えて、

「あのお客さんですが、盛岡を発車してすぐ、三十歳くらいの、女性と話をしていました。何を話していたのかは、わかりません。この女性は、間もなく、列車から降りてしまったようです。ですから、盛岡の次の上盛岡《かみもりおか》か、二つ目の山岸《やまぎし》あたりで、降りたのだと思います」

岩本車掌によると、この女性は、真っ白なハーフコートを着ていて、身長は百六十五センチくらいだったという。

ただ、ちらりと見ただけなので、顔は、はっきりとは、覚えていないということだった。

この三十歳前後の、白いハーフコートを着た女性が犯人なのだろうか？

「いずれにしても、一度、東京にいって、死んだ荒木圭介について、調べてみる必要がありそうです」

白石警部が、その日の夜の捜査会議で、捜査本部長にいった時、東京から電話が入った。

相手は、警視庁捜査一課の十津川という警部だった。今回の、山田線の車内での事件について、担当者に、話をききたいという。

白石警部が、電話に出た。

「こちらで起きた事件が、そちらと何か関係があるのですか？」

白石が、きくと、十津川は、

「今、こちらでは、十月四日に、世田谷区《せたがや》成城《せいじょう》で、起きた殺人事件を調べています。容疑者として、五日後に、原田健太郎《はらだけんたろう》という男を逮捕したのですが、こちらで尋問をしている時に、アリバイを主張しましてね。そのアリバイというのが、殺人があった時刻に、原田は、友だちの荒木圭介と一緒にいたということだったんですよ。こちらでは、問題の荒木圭介を捜していたのですが、その最中に、岩手で起きた殺人事件が報道されて、被害者が荒木圭介だというので、驚いて、電話をしたわけです」

十津川が、いい、

「そちらでいう、荒木圭介は、今日、こちらで、青酸中毒死した荒木圭介と同一人ですか？」

白石警部は、念を押した。

同姓同名だが、別人だということも、ありうるからである。

「間違いなく、こちらで、捜していた男です。年齢は、三十五歳で、窃盗と強盗傷害の前科があります」

「なるほど、同一人のようですね」

白石は、いったあと、

「じつは、荒木圭介が、東京の人間なので、東京にいって、どういう人間なのか、調べてみようと、思っていたところなんです。明日の午後早めに、伺います」

6

午後二時すぎに、岩手県警の白石警部は、ひとりで、成城警察署に設けられた、捜査本部にやってきた。

迎えたのは、十津川である。

白石警部は、殺された荒木圭介の所持品を、持ってきていて、十津川たちに、それを見せた。

机の上に並べられたのは、腕時計、キーホルダー、財布、折り畳み式のナイフ、高さ二十センチほどのこけし、それに、革袋に入った銀製のスキットル。

折り畳み式のナイフは、刃渡りが八センチだから、それほど大きなものではない。

「いわゆる護身用というやつでしょう」

と、白石が、いった。

折り畳み式ナイフよりも、十津川が興味を持ったのは、高さ二十センチほどのこけしだった。

「このこけしを、本当に、荒木圭介が持っていたんですか？」

「ええ、彼のコートのポケットに入っていました」

「私には、こけしを集める趣味が、ないのでわからないのですが、これは、どういうこけしなんですか？」

「そのこけしを、よく見てみると、作った人の名前が、彫ってあるでしょう？岩手県では、名人といわれている人が、作ったもので、岩手の名物にもなっています。といっても、それほど高いものではなくて、十五、六万円で、手に入ります」

「盛岡市内でも、これと同じこけしを売っているわけですか？」

「ええ、売っていますよ」

「そうすると、荒木圭介は、盛岡で、このこけしを買って宮古行の山田線の快速列車に乗ったのでしょうか？　しかし、こけしを買うということが、どうも、荒木圭介という男には、似合わないような気がするのですが」

十津川は、首をかしげた。

「その点は、同感です」

と、白石が、いい、続けて、

「荒木圭介が乗った、山田線の『快速リアス』ですが、盛岡を、発車してすぐ、岩本という車掌が、荒木と、三十前後の女性が、話をしているのを、目撃しているのです。その女性は、間もなく、降りてしまったようですが、彼女が、このこけしを、荒木圭介に渡したということも、考えられます」

「そのほうが、何となく納得できますね。どう考えても、荒木圭介という男と、この可愛らしいこけしは、似合わない。荒木圭介が、自分で、こけしを買ったとは、どうしても、思えませんな」

そういって、十津川は、笑った。

その後、十津川は、亀井刑事と二人で、白石警部を、荒木圭介が住んでいた渋谷区初台の、自宅マンションに、連れていくことにした。

7

甲州街道《こうしゅうかいどう》から、少し入ったところにある、七階建ての古いマンションである。三階の6号室2DKが、荒木圭介の部屋だった。

連絡を入れていた管理人に、ドアを開けてもらい、三人は、なかに入っていった。

最初に、十津川が感じたのは、何もない部屋だということである。生活感が、ほとんどないというか、別のいい方をすれば、温かみのまったくない、部屋なのである。

おそらく、荒木圭介は、この部屋を眠ることにしか、使っていなかったのだろう。

ただ、机の上に、パソコンが、置いてあるのが意外な気がした。

そのパソコンに、保存されているデータを調べていくと、三人の刑事が、目を輝かせるデータが出てきた。

〝仕事探し〟の掲示板に、荒木がメッセージを書きこんでいて、それの下書きが、残されていたのである。

最初に、荒木圭介が、仕事探しの掲示板に、書きこんだメッセージは、こうである。

〈投稿者：圭介
仕事がほしい。危ないことでも引き受ける。

ただし、ギャラは高いぞ〉

それに対する返事も、プリントで、残っていた。相手のアドレスがないが、メールで、返ってきたもののようだ。

〈圭介さんへ。

やってもらいたい仕事がある。仕事は簡単だ。東北のある町まで、こちらが依頼した荷物を、運んでもらいたい。

手つけとして十万円、それに実費を払う。希望する相手に届けてくれた時点で、あと二百万円支払おう。

いっておくが、運んでもらう品物は、法律に触れるようなものではない。

ただし、間違いなく、こちらが望む列車に乗り、必ず相手に、届けてくれること。それが条件だ。

もし、ＯＫならば、住所をしらせてくれ〉

という内容のものである。その後、細《こま》かいことは、会って打ち合わせをしたのか、それとも、手紙を使ったのか、メールの記録を削除したのか、この後のメールの交換は、見つからなかった。

「このやり取りが、あったので、荒木圭介は、十六日に、東京から盛岡にいき、そこから宮古行の『快速リアス』に乗ったんだと思いますね。このとおりなら、じつにおいしい仕事じゃありませんか？　ただ、東京から、東北にいって、頼まれたものを誰かに渡せば、それだけで、二百万円もの大金が手に入るんですからね」

白石は、嬉しそうに、続けた。

「このメールの相手から、荒木圭介は、仕事を、頼まれたと思ったのかもしれませんが、相手は、たぶん、おいしい仕事を餌にして、荒木を、誘ったんですよ。最初から、荒木を殺すつもりだったんだと、思いますね」

「このメールのなかにある、運んでほしいもの、というのは、例の、こけしのことなんでしょうか？」

亀井刑事は、自分でいいながら、盛んに首をかしげている。今のところ、すべて、想像にしかすぎない。

白石警部に、いわせれば、あのこけしは、有名な職人が作ったものだが、せいぜい十五、六万円の値段だという。それを、誰かに渡すだけで、二百万円もらえるというのは、いかにも、嘘っぽい。

「だから、犯人にしてみれば、あくまでも誘いなんだよ。このこけしを渡してくれれば、宮古で待っている人が、二百万円払うと、そういって、荒木を喜ばせておいて、最初から、二百万円を払うつもりはないのさ」

十津川が、したり顔に、いった。

パソコンのほかに、三人の刑事が見つけたのは、机の引き出しに入っていた、一枚の名刺だった。

小型の名刺に〈新宿区《しんじゅく》歌舞伎町《かぶきちょう》　クラブまゆみ〉とあり、川田真由美という名前と、店の住所、電話番号が書いてあった。

裏返すと、

〈早くツケを払ってね〉

達筆なサインペンの文字が、記されてあった。

三人は、陽が落ちてから、その店に、いってみることにした。

8

〈クラブまゆみ〉は、雑居ビルの地下にある、小さな店だった。

三十代のママと、二十五、六歳と思えるホステスがひとり、そして、五十代のバーテン、その三人だけという、小さな店である。

十津川たちは、三人並んでカウンターに腰をおろし、ビールを飲みながら、小柄なママから、荒木圭介についての話をきくことにした。

ママの川田真由美は、

「圭介ちゃんが、殺されたときいた時には、本当に、びっくりしましたよ。どんなことがあったって、殺されるような人じゃないと、思っていましたから」

「こちらには、よく、飲みにきていたんですか？」

十津川が、きいた。

「ええ。お金があれば、飲みにきますし、なければ、顔を見せない。そのへんは、すごく、はっきりしていたけど、いつもツケが、溜《た》まっていたわ」

ママは、笑った。

「荒木さんが、一番、最近きたのは、いつですか？」

「確か、三日前の十四日だったわ」

と、真由美が、いう。

それならば、殺される二日前、である。

「その時、荒木さんは、どんな話をしていましたか？」

県警の白石警部が、顔を突き出すようにして、きいた。

「急にお金が、入ったからといって、一カ月ぶりぐらいに、顔を出したの。圭介ちゃんは、もともと働くのがいやな人で、それで他人を脅かしたり、人のものを盗んだりして、警察に、捕まっちゃったんだから、またそんなことをしたら、今度こそ、危ないと思ってきいてみたら、何でも、スポンサーがついて、東北に旅行にいってくることになった。何かを運んで、それを、誰かに渡せば、まとまったお金がもらえるって、そんな話をしていたんですよ」

「荒木さんは、どのくらいのお金がもらえるのかということは、話していましたか？」

「いいえ、具体的な金額は、いって、いなかったわ。でも、圭介ちゃんの嬉しそうな顔を見ていたら、かなりの額の、お金が入るんじゃないかと思ったから、うちのツケを、今度は、全部きれいに払ってよねって、いったんですけど、まさか、殺されてしまうなんて思いもしませんでしたわ」

真由美は、ちょっと、考えてから、

「圭介ちゃん、何か、クスリでも運んでいたんですか？」

「いや、彼が、頼まれて運んでいたのは、これらしいんです」

白石警部は、カウンターの上に、持ってきたこけしを、置いてみせた。

ママの真由美は、それを見ると、えっという顔になって、

「誰かから頼まれて、圭介ちゃんは、こんなものを、わざわざ、運んでいたんですか？」

「断定は、できませんが、列車のなかで死んでいた時、コートのポケットのなかに、これが入っていたんです。荒木さんという人は、こけしが好きで、集めたりしていたんですか？」

白石が、きくと、真由美は、笑って、

「圭介ちゃんが、好きなものは、お金と、お酒と、女ですよ。こけしなんかには、まったく、興味がないと思いますよ。圭介ちゃんが、こけしを持っていたのを見たこともないし、こけしの話をしたことも、ありませんから」

「念のために、確認しますが、荒木さんは、十四日にここにきて、スポンサーが、ついた。東北に、旅行にいって、向こうで、誰かに、頼まれたものを渡せば、まとまった金が手に入る。そういったんですね？」

「ええ。帰ってきたら、ママに、何か、プレゼントを買ってやる。そうもいったんですけどねえ」

「そういう話をしたのは、十四日が初めてでしたか？　それとも、前に、同じようなことを話したことがありますか？」

十津川が、きいた。

「十四日が、初めてですよ。あんなお伽噺《とぎばなし》のような、信じられない話をしたのは、あとにも先にも、あの時だけですもの」

「ママさんと、荒木圭介さんは、どのくらいのつき合いですか？」

「そうですね、もう七、八年にはなるかしらね」

「彼はひとりで飲みにきていたんですか？　それとも、連れがいましたか？」

「たいていは、ひとりでしたよ。たまに、男二人できたり、女の子と一緒に、飲みにきたこともありますけどね」

「この男と、一緒に、飲みにきたことはありませんか？」

十津川は、現在、逮捕して尋問している容疑者、原田健太郎の顔写真を、真由美に見せた。

真由美は、その顔写真を、しばらく見ていたが、

「この人、いったい、どういう人なんですか？　何となく、雰囲気が、圭介ちゃんと、似てますね」

「この男は、原田健太郎と、いいましてね。ひとり住まいの女性のマンションに忍びこんで、殺した挙句、金を奪って逃げていて、先日、逮捕された男ですが、犯行を否認しているんです。そして、この男は、荒木圭介さんと同じ三十五歳で、彼のことを、よくしっている。十月四日の犯行時刻には、その荒木圭介さんと一緒に飲んでいたといっているんです」

「この人は、圭介ちゃんと、問題の時間、うちの店で飲んだと、いっているんですか？」

「いいえ、ここではありません。新橋《しんばし》のガード下の飲み屋で、焼き鳥を食べながら、飲んでいたと、そういっているのです」

「それなら、その店にいって、きいたらいいじゃないですか？」

「もちろん、ききに、いきましたけどね。その店は、ビールや酒も立ったままで

飲むという、立ち飲みの店なんですよ。安く飲めるというので、毎日、大変な混みようで、十月四日も混雑していて、店員は、客のひとりひとりの顔なんて、覚えていられないと、そういうんですよ。だから、荒木圭介さんの証言が、必要だと思っていたんですが、彼に連絡を取ろうと思っていた矢先に、今度の事件が起きてしまって、肝心の荒木さんが、殺されてしまったのです。それで、おききするんですが、この男が、荒木圭介さんと一緒に、ここにきたことは、ありませんか？」

改めて、十津川が、きいた。

「今、考えているんですけど、この人の顔を見たことが、ないんですよ」

と、真由美が、いった。

「ママ以外に、荒木圭介さんと、親しかった女性は、ご存じないですか？」

白石警部が、きいた。

「今もいったように、圭介ちゃんが、うちに、若い女の子を連れてきたことも、確かに何回かは、あったんだけど、女の子の名前をきいたこともないしね」

真由美が、首を振る。

二人連れの客が、入ってきてしまったので、十津川たちは、店を出ることにした。

三人は、捜査本部に戻った。

白石警部は、東京に残って、明日もう一日、午後の遅めまで、荒木圭介のことを、引き続き、調べてみたいという。

亀井が、コーヒーを淹れてくれた。三人で、それを飲みながら、

「殺された荒木圭介ですが、前科二犯で、最後に出所したのは、去年の六月一日だときいたのですが?」

白石が、十津川にきく。

「荒木圭介は、空巣《あきす》を、働こうと思って、渋谷区松濤《しょうとう》の高級マンションに、忍びこみましてね。部屋の住人は、六十歳の女性だったのですが、留守のはずの女性が帰ってきてしまったので、鉢合わせになり、殴って一カ月の重傷を、負わせたばかりか、部屋にあった宝石類を奪って逃走して、逮捕されたんですよ。前科もあったので、懲役二年の実刑を、受けましてね。去年の六月一日に出所しているんです。三度目に、また、何かやらかしたら、今度は、さらに、重い実刑になりますからね。荒木自身も、何かと、用心していたんだろうと、思っています」

「刑務所では、どんな様子だったんでしょうか?」

「私がきいたところでは、荒木は、すこぶる従順で模範囚だったそうですよ。それで、予定より早く出所したときいています」

「模範囚ですか」

「ええ、そうです。荒木という男は、なかなか、頭の切れる男ですからね。出所したあと、今度は、捕まらないようにしよう。何か、うまい仕事があれば、それで、金儲けをしようと考えていたんじゃないかと思いますね」

「それで、逆に、危ない仕事に飛びついたのかもしれないですね」

白石警部が、小さくうなずいた。

十津川は、白石警部を、都内のホテルに、案内してから、今度は、原田健太郎に、何度目かの尋問をすることにした。

9

原田は、十津川の顔を見るなり、

「刑事さん、荒木圭介に、会ってくれましたか？」

「まだ、君に、話していなかったかな」

十津川が、少し声を低くして、いった。

「何のことですか？」

「君がいう荒木圭介だがね。昨日の十月十六日に、岩手県を走る列車のなかで、殺されたんだ」

「あの荒木が殺されたですって？　嘘でしょう？」

それが、原田健太郎の第一声だった。

「こんなことで、嘘はいわないさ。君がアリバイを、主張したので、すぐ荒木圭介に会おうと思ったんだ。だが、マンションにいったが、彼は留守だった。そのあとで、昨日、岩手県内を走る列車のなかで、青酸カリを使って殺されていることが、わかったんだ」

「それが本当の話なら、じゃあ、どうしたらいいんですか？　俺のアリバイは、どうなるんですか？」

「荒木圭介以外に、君のアリバイを、証明してくれる人間はいないのかね？」

「そんな奴は、いませんよ。だって、俺が事件を起こしたのは、十月四日の、午後八時から九時の間ということに、なっているんでしょう？　その時間に、あっちにもこっちにも、いくつも、アリバイがあるはずはないじゃありませんか？

あの日は、仕事が終わったあと、新橋のガード下に、飲みにいったんですよ。その店で、荒木に、ばったり会ったんです。あいつが去年の六月に出所してきてから、二、三回一緒に飲みにいったことがあるんだけど、その後は、飲みにいったことは、一度も、ありませんでしたからね。久しぶりに、会ったので、一緒に飲んだんですよ。本当ですよ。だから、ほかの誰かと一緒にいたはずは、ないじゃないですか？　それこそ、嘘になってしまいます」

原田は、明らかに、腹を立てていた。まるで、荒木が、殺されたのは、今、自分の目の前にいる十津川や亀井のせいだと、いわんばかりの口調だった。

「じゃあ、もう一度、十月四日のアリバイについて、説明してもらいたいね。君の会社は、新橋駅の近くにあるんだったな？　あの日、会社が終わったのは午後六時。それで間違いないね？」

「そうですよ。もう何回も、午後六時に仕事が終わって、それから飲みにいったといっているじゃありませんか」

原田が、相変わらず、怒ったような口調で、いう。

原田健太郎が働いているのは、新橋駅の近くにある小さな印刷会社である。雑居ビルのなかにある、従業員八人の小さな印刷会社である。

十月四日午後六時に仕事が終わったということは、十津川は、すでに調べて確認してあった。そこから、問題の新橋のガード下の立ち飲み屋までは、歩いて十五、六分の距離である。

「六時に仕事が終わってから、君は、歩いて新橋のガード下の飲み屋にいったわけだ。歩いていくと十五、六分だから、六時二十分頃には、店に着いたことになる。そこで、荒木圭介と会った?」

「そうですよ」

「荒木圭介は、去年の六月一日に出所している。その後、二、三回飲みにいった。そうだね?」

「そうですよ。昔は、俺も、荒木と同じような荒《すさ》んだ生活を送っていたんだけど、何とか、真面目に生きようと思ってね。結婚もしたくなりましたからね。だから、なるべく荒木とは、会わないように、していたんですよ。ただ、あの日は、新橋の店で久しぶりに会ったんです。会えばやっぱり、お互いに懐《なつ》かしいから、じゃあ、一緒に飲もうじゃないかということになったんですよ。会ったのは、いつも客で満員の、焼き鳥の旨《うま》いあの店ですよ」

「その店で、何時まで、一緒に飲んでいたんだ?」

「確か、十時近くだったと、思いますよ。荒木とわかれて、三鷹《みたか》のアパートに帰ったのは、十一時くらいだから」

「もう一度きくが、三鷹のアパートに帰ったのは、十月四日の、午後十一時くらいで間違いないね？」

「そうです」

「誰か、それを、証明してくれる人はいるかね？」

「そんな人間は、いませんよ。ほかの住民だって、もう、眠ってしまっているらしくて、俺は、誰にも会いませんでした。いつもそうなんですけど、深夜に帰ってくると、誰とも会わないんですよ」

「今の君の話だと、十月四日に、荒木圭介と新橋のガード下で、三時間以上も飲んでいたことになる。これは、間違いないかね？」

「間違いないですよ」

「その時、荒木圭介とは、どんな話をしたのかね？」

「話の内容は、もう、忘れてしまいましたよ。荒木は死んじゃっているんでしょう？　いまさら、どんな話をしたかを思い出したって、仕方がないんじゃありませんか」

「荒木圭介と、どんな話をしていたのか、それがわかれば、その時、君が、荒木圭介と、実際に会っていたことが、少しは、裏づけられるんじゃないかと思うがね。だから、思い出してほしいんだ。荒木圭介は、どんな話をしていたんだ？」

「そういえば、荒木の奴、うまい金儲けの話がないなあといって、盛んに、嘆《なげ》いていましたね。だから、あの日の飲み代は、俺が奢《おご》ったんです」

「うまい儲け話がなくて、金に、困っていたんだな？」

「そうです。以前と全然変わっていませんでしたよ。真面目にこつこつと、働くことが、あいつは、嫌いでしたからね。もちろん、まともな仕事をやるつもりなど、あいつにはまったくありませんでした。相変わらず、楽をして、うまく金儲けをしようと、そんなことばかりを考えているようなので、注意したんですよ。もうお互いに若くはない。三十をすぎているんだから、このあたりで、そろそろ真面目に、仕事を探したほうがいいんじゃないか？　そうしないと、一生、刑務所に入ってしまうようなことになるぞと、そういったんです」

「そうしたら、荒木圭介は、何といったんだ？」

「笑ってましたよ。真面目に働けっていわれたって、俺には、そんなことはできない。俺は、これといって手に職も持っていないんだから、これから先もずっと、今までと、同じことをやっていくしかないんだ。ただ、また、刑務所に入るのはいやだから、警察に捕まらずに、まとまった金が、簡単に手に入る、そんなうまい話はないかってきくので、もう一度、忠告したんです。俺の仕事なんて、面白くも何ともない仕事だ。真面目に働いたって、月に二十万しかもらえない。それでも、我慢してやっているのは、三十五歳をすぎたからだよ。それをよく考えろって、いってやったんですけどね。あいつは、その気にはならなかったみたいで、そのうち、俺も酔っ払ってしまったので、荒木を、タクシーに乗せてやってから、アパートに帰ったんですよ」

「それが、十月四日に、荒木圭介に会った時の話なんだね?」

「そうです」

「それで、捕まるまでに、荒木圭介に会っていない?」

「ええ、一度も、会っていませんよ」

「電話での連絡も、なかったのか?」

「ありませんでしたね」

「どうしてなかったんだ? 久しぶりに会って、飲んだわけだろう? それならば、そのあとで、あの時は、楽しかったとか、また一緒に飲もうとか、そういう連絡をするんじゃないのか？　本当に、そういう連絡は、なかったのかね？」

「ありませんでした。たぶん、あの時、説教をしたので、それで、連絡をしてこなかったんだと思いますね。また会って、説教されるんじゃかなわない。そう思ったんじゃないですかね？」

と、原田は、いったあと、言葉を続けて、

「ところで、刑事さんは、昨日の十六日に、荒木が、殺されたといったけど、なぜ、殺されたんですか？」

「まだ、容疑者も、なぜ殺されたのかも、まったくわかっていないんだ」

十津川は、今回の山田線の車内で起きた殺人事件について、原田に説明したあと、

「君の感想は？」

「何だか、馬鹿みたいな、死に方ですね。酔っ払った挙句に、喧嘩をして、それで、殺されてしまったとか、あいつには、そういう最期のほうが、ふさわしいのに、騙されて、列車に乗って、ウイスキーに混ぜた青酸カリで、殺されてしまったわけでしょう？　あいつらしくない死に方じゃないですか？」

「荒木圭介という男には、ふさわしくない死に方か？」

亀井が、きいた。

「どう考えたって、あいつらしくないですよ。あいつはいつも、護身用に、ナイフを持っていましたからね。それで喧嘩をして、相手に刺されて死んだとか、そんな最期なら、納得できるんですけどね」

「君がいうように、護身用のナイフを、持っていたことは、間違いないんだ。所持品のなかに、それらしいナイフが、あったからね。荒木圭介は、簡単に、二百万円が手に入ると思いこんで、うきうきしながら列車に乗り、犯人から渡された、高級ウイスキーを飲んで、そのなかに、混入されていた青酸カリで死んだんだ」

「やっぱり、金に、釣られたんですかね。その点は、あいつらしいな」

原田が笑った。

翌日の夜、岩手県警から、十六日の一三時五一分盛岡発の「快速リアス」に乗っていた女の似顔絵が送られてきた。

盛岡に帰ったばかりの、白石警部の意見がついていた。

〈当日『快速リアス』に乗務していた車掌の記憶を頼りに作った女の似顔絵で

す。この女は、間違いなく、車内で、被害者荒木圭介の傍にいて、彼に話しかけていたと、車掌は、証言していますから、第一の容疑者と呼べると思います。身長百六十五センチくらい。三十歳前後。真っ白なハーフコートを着ていたそうです。その後、聞き込みの結果、盛岡から一つ目の上盛岡駅で列車を降りたことがわかりました。そこで、私たちは、駅周辺の聞き込みをおこないましたが、この女の消息は摑めませんでした。したがって、岩手県内の女ではなく、東京からきた女かもしれません〉

十津川と、亀井は、似顔絵に目をやったが、二人の口から、同時に出たのは、

「誰かに似ている」

という言葉だった。

「どこか、原田健太郎に殺された、山本由佳里《やまもとゆかり》に似ているんですよ。年齢《とし》は、ずいぶん違いますが」

亀井が、いい、十津川も、

「そうだな。どこがとはいえないが、山本由佳里に似ているんだ」

このことが、真相解明に、役に立つのだろうか？

その日の捜査会議で、十津川は、容疑者、原田健太郎が起こしたと思われる、成城での強盗殺人事件について、もう一度確認する形で、説明した。

10

それは、十月四日、今から、十四日前に起きた事件である。

世田谷区成城。そこにある高級マンション、グランドハイツ成城の、最上階十階の2LDKの部屋一〇〇三号室で、事件が起きた。その部屋に、ひとりで、住んでいたのは、山本由佳里、四十歳で、六本木《ろっぽんぎ》のクラブの、ママである。

たぶん、犯人は、山本由佳里が、六本木のクラブのママであることを、しっていて、帰ってくるのは午前一時頃と考えて、出勤後の、午後七時すぎに忍びこんだに、違いなかった。

ところが、この日、山本由佳里は、いつものように、店に出たのだが、気分が悪くなった。そこで、タクシーを呼んで、自宅に戻ることに、したのである。

そのため、部屋を物色していた犯人と、鉢合わせしてしまった。

犯人は、強盗に、早変わりし、山本由佳里を殺害して、部屋にあったと推測されている、現金百七十万円を奪って、逃走した。

犯人は、非常口を使って逃亡したのだが、出前にきた、近くの中華料理店の店員と、ぶつかりそうになってしまった。

その店員の名前は、伊藤浩《いとうひろし》、二十歳。

すでに、午後八時をすぎていたが、そこには街灯があったので、伊藤浩は、危うくぶつかりそうになった男の顔を、はっきりと見たと、証言した。

彼の証言をもとに、男の、似顔絵が作られた。その似顔絵が、原田健太郎に、よく似ていたのである。

五日後の十月九日に、逮捕された。

被害者の店の、客でもあった原田健太郎は、今は、真面目に、新橋駅近くの小さな印刷会社で、働いていたが、十年前には、荒木圭介と、同じような出鱈目な生活を送っていて、一度、バーでホステスの首を絞めて、危うく殺しかけ、逮捕されたことがある。その時は、執行猶予がついている。

原田健太郎は、十津川の尋問に対して、成城で犯行がおこなわれた、十月四日の夜八時から九時までの間、何をしていたのかは、覚えていないと、最初は、いった。

次に、いつものように、会社からまっすぐ帰って、家で、テレビを見ていたが、そのうちに眠ってしまったと主張した。

それが、十月十五日の夜になると、突然、十月四日は、昔の仲間の荒木圭介と、新橋のガード下の、飲み屋で一緒に飲んでいた。時間は、午後六時すぎから午後十時頃までだと、いったのである。

問題の飲み屋は、実際に、新橋のガード下にあり、焼き鳥が旨いこともあって、いつも、満員の人気の店である。

十津川は、翌日、荒木圭介に会って、話をきくことにして、彼が住むマンションを訪ねていったのだが、留守だった。

ところが、その日の夜になって、その荒木圭介が、岩手県の盛岡から宮古にいく列車のなかで死んだと、きかされたのである。

十津川は、三上本部長に向かって、

「こう見てきますと、われわれが、今、捜査している成城の強盗殺人事件と、十六日に、岩手県の、山田線の『快速リアス』の車内で起きた青酸カリによる、殺人事件とが繋がっているのかどうか、それが、大きな問題になってきます。原田健太郎は、突然、十月四日の犯行時刻の、アリバイについて、証人がいる。それは、友人の荒木圭介だと主張しました。これが事実だとすると、そのアリバイを消そうとして、何者かが、証人の荒木圭介を『快速リアス』の車内で、毒殺したのかもしれません。これだと、二つの事件は繋がります。しかしまったく関係がなくて、荒木圭介は、彼のことを憎む人間がいて、言葉巧《たく》みに『快速リアス』に乗せられ、ウイスキーに混ぜた、青酸カリで殺されてしまったということかもしれません。後者だとすれば、原田健太郎のアリバイを消すため、荒木圭介を殺そうとしたのだと決めつけて、捜査すると間違いを犯してしまうのではないかと思います」

「それで、君自身は、いったい、どちらだと思っているんだ？」

三上本部長が、きいた。

十津川が、考えこんでいると、亀井が、手を挙げ、

「私が、不思議で、仕方がないのは、タイミングなんです」

「タイミング？」

「成城の殺人事件が起きたのは、十月四日の夜です。容疑者として、原田健太郎が逮捕されたのが、五日後の、十月九日でした。現場近くで、原田によく似た男を、目撃したという証言も、ありますし、彼には、はっきりした、アリバイがあ

りません。当初、事件当日のことは、よく、覚えていないといっていた原田が、十五日になって、突然、アリバイを主張し始めました。十月四日の、犯行時刻には、自分の友人である荒木圭介と一緒に、新橋のガード下にある飲み屋で飲んでいたとです。しかし、そのアリバイを主張するまでに一週間、正確には、六日間ですが、それだけの日数が、かかっているのです。身の潔白を、証明するのに、どうして、六日間も、かかったのか、不思議で仕方がないのです。原田自身は、突然、強盗殺人容疑で逮捕されてしまい、気が動転して、考える余裕が、なくなってしまったと、いっていますが、私には、その言葉は、どうにも信用できませんよ。アリバイが成立するかしないかは、自分が、助かるかどうかの大問題ですよ。当然、十月四日のアリバイを、真剣に考えるはずです。それを、気が動転していたからといって、思い出せなかったというのは、どうにも、理解できないのです」

「では、カメさんは、原田健太郎の主張を、どう、受け取っているんだ？」

十津川が、きいた。

「殺人事件が起きてからの五日間、原田健太郎は、逮捕されずにいたのです。もし、彼が、犯人だとすれば、その間に、荒木圭介に会って、アリバイ証言を頼んでいたのではないでしょうか？　二人は、以前からの、知り合いですからね」

「原田健太郎は、逮捕されるまでの五日間に、荒木圭介に会って、アリバイを証言してくれるように、頼んでいたと思っているんだね？」

「そうです」

「荒木圭介が、わかった、アリバイの証言を、してやるとＯＫしていたら、原田健太郎は、なぜ、逮捕されてすぐに、荒木圭介の名前を、出さなかったのだろう？　君は、原田健太郎が、十五日までアリバイの証人として、荒木圭介の名前を、いわなかったのはおかしいというわけだろう？」

「はい」

「そうなると、原田健太郎が、アリバイの証言を頼んだのに、荒木圭介は、うんといわなかったんじゃないのか？」

「確かに、これまでの流れからしますと、そう考えるほうが、妥当だと思います」

「いずれにしても、カメさんは、成城の殺人事件の犯人は、原田健太郎だと、思っているわけだろう？」

「今は、その可能性が大きいと、私は思っています」

「しかし、十五日になって、原田健太郎は、突然、荒木圭介の名前を出して、事件のあった四日の夜は、新橋のガード下の飲み屋で、彼と飲んでいたといったんだ。ところが、翌日の十六日になって、荒木圭介は、岩手県の山田線の車内で、殺されてしまった」

「それで、私は、タイミングがよすぎると思ったのです」

「タイミングか」

「そうです。タイミングが、よすぎます」

「しかし、それで、原田のアリバイが曖昧になってしまったんだ」

「どうしますか？」

「明日、岩手にいってみよう」

11

翌日、二人は、東北新幹線に乗って、盛岡に向かった。

盛岡駅のホームには、岩手県警の白石警部が、二人を、待っていてくれた。

白石は、東京での、十津川たちの応対に礼をいったあと、

「十月十六日に、荒木圭介が乗ったのは、盛岡発一三時五一分の『快速リアス』です。この車内で毒殺されました。十津川さんたちは、この列車に乗ろうと思っておられるわけですね？」

「そうです」

「でしたら、出発するまでには、まだ、一時間以上もありますので、ゆっくり、コーヒーでも飲みながら、打ち合わせをしようじゃありませんか？」

「一時間以上も、列車が、ないんですか？」

「そうです。何しろ、山田線というのは、岩手県内の、過疎地域の見本のようなところを走っています。ディーゼル列車で、上下とも一日に四本。『快速リアス』は、日中は下りが二本、上りが、一本しかないんです」

白石は、笑った。

白石は、二人を、盛岡駅構内の、喫茶ルームに案内した。

十津川は、運ばれてきたコーヒーにはすぐに手をつけず、ポケットから取り出した、小型の時刻表を開いて、山田線のダイヤをしきりに見ている。

「どうされたんですか？」

「じつは、こちらの犯人が、なぜ、荒木圭介を、東京から、わざわざ呼び寄せ、岩手県の山田線を走る『快速リアス』に乗せたのか？　それが、わからなくて困っているのですよ」

「犯人は、たまたま、山田線の、沿線に住んでいたので、それで、この線を利用したんだと、私は、思っていますが」

白石が、呑気に、いう。

「確かに、犯人は、山田線について詳しい人間であることは、想像がつきます。しかし、なぜ、ほかの、路線ではいけなかったのか？　この山田線の、それも、盛岡一三時五一分発の『快速リアス』でなければいけなかった、それなりの理由が、あったような気がするんですよ。もし、それが、わかれば、犯人を特定できると思うのです」

「しかしですね、今もいったように、本数の少ない『快速リアス』よりも、一日に、何本も走っているような列車のほうが、犯人は、逃げやすいのではないかと、私は、思います。ですから『快速リアス』に乗ったのは偶然だと思いますね」

「確かに、そうかもしれませんが」

うなずきながらも、十津川は、時刻表を見続けていた。

「何かわかりましたか？」

亀井が、きく。

「一つだけだが、面白いことを、発見したよ」

「何ですか？」

「時刻表によると、白石警部が、いったように、盛岡から、宮古にいく列車は、快速が二本と、普通が二本の合計四本だけしかない。快速列車は、一見、同じように見えるが、時刻表を、よく見ると、違うところがあるんだ。いいかね？」

十津川は、二人の顔を、見比べてから、言葉を続けて、

「時刻表で、盛岡発で、宮古にいく列車を見てみると、盛岡一一時〇四分発の『快速リアス』があり、次は三時間近くの間隔を空けて、一三時五一分発の、これも『快速リアス』があり、さらに、三時間の間隔と、二時間半の間隔を空けて、普通列車がある。この四本しかないんだ。このなかで、荒木圭介が乗ったというか、犯人が、荒木圭介を、乗せた快速列車、一三時五一分発の『快速リアス』は、よく見ると、停まらずに走っている区間が、一番、長いんだよ。一一時〇四分発の『快速リアス』は、ノンストップで走る時間は、長くても、最大三十分程度しかない。その点、荒木が乗った『快速リアス』は、時刻表を見ると、上《かみ》

米内《よない》を発車する、一四時〇六分から、次の停車駅である、陸中川井《りくちゅうかわい》に到着する一五時一八分まで一時間十二分も、停まらずに走るんだよ」

「そのことと、今回の事件と、何か関係がありますかね？」

白石は、笑っていた。

「関係があるかどうか、それは、実際にこれから『快速リアス』に乗って、確認してみようじゃありませんか」

十津川が、いった。

12

時間がきて、三人の刑事は、盛岡一三時五一分発の「快速リアス」に乗りこんだ。快速列車といっても、三両編成の、ディーゼル列車である。

三人は、向かい合って腰をおろした。一つ目の上盛岡を、すぎた。無人駅だった。

「確か、盛岡を出てすぐ、三十歳前後の女性が、車内で荒木圭介に、人気のこけしと、高価なウイスキーの入ったスキットルを、渡したんですね？」

十津川が、きくと、白石が、

「実際に、こけしとウイスキー入りのスキットルを渡すところまでは、見ていないそうですが、女性と荒木圭介が、話しているところは、車掌が、目撃していま す」

「たぶん、その女性が、荒木圭介に、宮古に着いたら、このこけしを向こうで待っている人に、渡してください。そうすれば、引き換えに、二百万円が、あなたに支払われます。このスキットルには、高級ウイスキーを入れてあります。宮古に着くまで、退屈でしょうから、これを飲みながら、のんびりと、東北の旅行を楽しんでください。おそらく、そんなことを、いったんだと思いますね。女は、さっきの上盛岡で降りたはずです。あの無人駅の近くに、車を、用意しておいたのでしょう」

十津川は、白石に向かって、話し続けた。亀井が、傍で、じっと、耳を傾けている。

「犯人にしてみれば、こけしも、二百万円の約束も、荒木圭介を、この列車に乗せるための、いわば方便《ほうべん》なんだと思いますね。問題は、青酸カリの入ったウイスキーを渡して、荒木圭介が、宮古に着くまでに、それを、飲むかどうかということとです。犯人は、青酸カリ入りのウイスキーを、荒木に、渡して、列車から降りてしまった。そうなると、殺害の計画は、ひとりになった荒木圭介が、そのウイスキーを飲むか、どうかにかかっています。その点を犯人は、どう考えていたのか、興味があるんです」

「飲まなかったら、犯人は、どうするつもりだったんですかね？　飲まない可能性だって、あったわけですから」

白石が、首をかしげる。

「私は、犯人は、この快速列車が、ノンストップで走る、一時間十二分という、その時間に、賭けたのだと思うのです」

「ノンストップの時間が、一時間以上あれば、荒木は、必ず、ウイスキーを飲むはずと、犯人は考えたということですか？」

「ええ、そう考えたと思うのです。列車は、上米内を一四時〇六分に発車したあとは、陸中川井まで、一時間十二分停まらない。その間に、荒木が、必ず青酸カリ入りのウイスキーを、飲むことに賭けたんですよ」

「一時間十二分というのは、結構、長いですよね」

「その長さに、犯人は賭けたんですよ。女が降りてしまったあと、荒木圭介は、ひとりで、この快速列車に、乗っていたんです。話しかける知り合いも、いない。また、荒木は、雑誌や新聞を、読むような、そんな人間でもありません。携帯電話も持っていなかった。だから、たぶん、退屈で、退屈で、仕方がなかったと思うのです。各駅停車なら、駅に停まるたびに、乗客が乗ったり、降りたりしますから、そうした慌ただしい空気のなかでは、ウイスキーを、飲もうなんて気にもならないかもしれません。ところが、一時間十二分も、快速列車は、どこにも、停まらない。退屈したからといって、降りるわけにも、いかない。となると、窓の外の景色を肴《さかな》に、渡されたウイスキーを、飲むよりほかに、やることがないと思うのです。犯人は、そこまで、計算して、荒木を、この快速列車に乗せたと思うのです」

「とすると、犯人は、このこと、つまり、この路線は、列車の本数が、少ない上に、この『快速リアス』に乗れば、一時間十二分の、ノンストップの時間があることを、しっていて、それを殺人に利用したということになりますね？」

白石警部が、目を輝かせた。

「そうですよ。だから犯人は、この快速列車のことを、よくしっている人間です」

十津川は、自分にいいきかせるように、いった。

「われわれとしての、結論は、出ましたが、時間は、まだたくさんありますよ」

笑いながら、亀井が、いった。一時間十二分は、長いのだ。

13

「じゃあ、推理を続けよう」

十津川が、いった。

とにかく、東京で起きた、強盗殺人事件と、この列車のなかで起きた毒殺事件とが、関係あるのかないのか、今、それが一番の問題なのである。

「東京の事件で、逮捕された容疑者、原田健太郎と、こちらで殺された、荒木圭介とは、古い知り合いでした」

十津川は、白石警部に、東京の強盗殺人事件について、簡単に説明した。

「殺されたのは、成城の高級マンションに住んでいた山本由佳里という四十歳の独身で、六本木のクラブのママをやっていた女性でした。十月四日、こちらの事件が起きる、十二日前ですが、いつもなら、午前一時頃までは帰宅しない山本由佳里が、この日は、体の調子が悪かったので、午後八時すぎに、自宅に帰ってきてしまったのです。空巣に入っていて、犯人は、鉢合わせしてしまい、山本由佳里を殺して、部屋にあったと思われる現金百七十万円を奪って、逃げました。われわれは、容疑者として、原田健太郎を逮捕しました」

「その先は、前に、十津川さんにおききしています。原田健太郎が、自分にはアリバイがあるといって、荒木圭介の名前を、出したんでしたね？」

「そうです」

「ところが、その荒木圭介が、この列車のなかで、青酸カリ入りのウイスキーを飲んで死んでしまった。そうでしたね？」

「そのとおりです」

「そうなると、原田健太郎は、自分のアリバイの証人が、いなくなって、がっかりしているのでは、ありませんか？」

「最初は、私たちも、そう、考えました。ところが、どうも、そう簡単ではないようですよ。原田健太郎は、捕まってから、六日間も、自分には、アリバイがあって、証人もいるということを、なぜか、ひと言もいわなかったんです」

「どうしてでしょうか？　だって、強盗殺人の容疑者なんでしょう？　重罪だから、必死になって、アリバイを、主張するはずでしょう？」

「普通ならそうなんですが、自分のアリバイについて、原田健太郎は、六日間も、何も、いわなかったのです。つまり、警察に話しても、無駄だと思っていたのではないかと、われわれは、考えたのです」

「しかし、最後には、いったわけでしょう？　アリバイがあると」

「そうです。十月九日に逮捕されて、自分にはアリバイがあるといったのは、十月十五日、つまり、こちらで、荒木圭介が殺される一日前です。なぜ、逮捕されて、六日も経ってから、突然、原田健太郎は、荒木圭介の名前を、出したのか？　その答えが、見つかれば、たぶん、二つの事件は、同時に、解決するだろうと、思っています」

14

快速列車は、ノンストップで走り続けている。

三人は、盛岡駅で買った缶コーヒーを取り出して、飲み始めた。

「三人で話し合っていても、ノンストップの時間が続くと、何となく手持ち無沙汰になってしまいますね」

亀井が、いった。

「以前だったら、こんな時には、煙草でも吸うのですが、今は、それも、できませんからね。荒木圭介は、もともと、酒が好きだったそうですから、犯人から渡された青酸カリ入りのウイスキーを、飲んでしまったんでしょうね。そうした心理的な問題は、実際にこの山田線に乗ってみて、初めて実感として、わかりましたよ」

白石が、いった。ひとりで、満足している。

十津川は、話を原田健太郎のアリバイのことに戻して、再び、白石警部に、話し始めた。先入感を持っていない、白石警部の、反応を、参考にしたかったのだ。

「原田健太郎は、殺された六本木のクラブのママ、山本由佳里と、以前から、知り合いでした。何回か会っていて、どんなマンションに住んでいるのかも、しっていたんじゃないでしょうか？　そして、マンションに忍びこむ方法も、わかっていたのではないかと、そんなふうに、思い始めました」

「それで、原田健太郎が、十月四日の夜、成城の、山本由佳里のマンションに忍びこんだということに、なってきますか？」

亀井が、念押しした。

「お二人の話をきいていると、おそらく、そうでしょう」

白石が、いった。続けて、

「六本木のクラブのママなら、普段は、夜中の一時すぎにならないと帰ってこないからと、原田は、のんびり部屋のなかを、物色していたら、突然、彼女が、八時頃に、帰ってきてしまった。そこで居直って、山本由佳里を殺害して、部屋にあった、百七十万円の現金を奪って逃げたんじゃありませんか？」

「確かに、そう考えるのが一番妥当ですが、この事件は、それほど、単純ではないような気がしてきています」

十津川が、眉を寄せた。

「原田健太郎は、十月九日に、逮捕されるまでに、昔、仲のよかった荒木圭介と、会って、アリバイ証言を頼んでいたとは考えられませんか？」

「確かに、原田健太郎と荒木圭介は、最近、会っているはずだと、私も思っています。ただ、事件が起きたあとではなくて、その前に、何回か会っているのではないかと、考えているんです」

「事件の起きる前には、原田が、荒木に、アリバイ証言を頼んだりはしないでしょう？　何しろ、何の事件も、まだ起きていないんですから」

「白石警部の、おっしゃるとおりです。原田健太郎は、昔は、荒木と同じでかなりのわるでしたが、今は、真面目に働いている。しかし、生活は、かなり、苦しかった。荒木圭介のほうは、昔も今も、相変わらずのわるで、しかも、金に困っていた。そうなると、二人が会って話すことといえば、金儲けのことでしょう。もちろん、強盗殺人の話ではなくて、どこそこの高級マンションには、クラブのママが住んでいて、金を、持っているらしい。クラブのママなら、深夜遅くまで、帰ってこないから、うまくやれば、大金が、手に入る。おそらく、二人は、そんな話を、していたんじゃないでしょうか？　だからといって、原田健太郎には、それを実行する気は、さらさらなかった。ただ、単に、そんな話をして楽しんでいただけなんです。その時には、たいてい、新橋のガード下の飲み屋で二人は会っていた。ひょっとすると、二人は、殺された山本由佳里が、やっていた六本木のクラブにも、飲みにいったんじゃないかと、私は思っています。荒木圭介が、そんな金持ちで、ひとり住まいで、深夜遅くまで帰ってこないような、カモがいるのかといい、原田健太郎が、じゃあ、そのママさんの店に、連れていってやる。そんなことで、荒木を、連れていったんじゃないかと、私は、考えているんです」

「その後、原田健太郎は、金ほしさに、山本由佳里のマンションに、忍びこみ、結果的に、強盗殺人まで犯してしまった。そういうことですか？」

「いや、これは、私の勝手な推理ですが、原田健太郎は、事件は起こしていないんじゃないかと、思っています。もし、彼が、山本由佳里のマンションに忍びこむつもりだったのなら、荒木圭介と、山本由佳里の店に、飲みにいったりはしないでしょう。事前にそんなことをしたら、あとになって、怪しまれてしまいますからね」

「では、誰が、山本由佳里を殺したんですか？」

「はっきりいって、私は、荒木圭介だと、思っています。犯人の男の似顔絵は、見ようによっては、荒木とも見えます。二人は、かなり、似ているんです」

「どうして、そう、思われるのですか？」

「原田健太郎は、あのマンションには、大金が置いてあるから、忍びこんだら、面白いなと、冗談交じりで、荒木圭介と、話をしたかもしれませんが、実際にやる気は、なかったと思う。それに対して、荒木のほうは、昔も今もわるです。金や女には、だらしがないくせに、まともに、働く気もない。そんな時に、原田から、話をきき、山本由佳里の店にも、いった。そこで、金がほしくなった。六本木のクラブのママなら、深夜遅くまで帰ってこない。それを信じて、成城の高級マンションに、忍びこんだ。ところが、予想に反して、山本由佳里が、早く帰ってきてしまった。原田が、なかなか、荒木の名前を、出さなかったのは、自分のした話で、荒木に、殺人までさせることになって、共犯にされると、心配したのかもしれません」

「ちょっと、待ってください」

慌てて、白石が、十津川の話を、遮《さえぎ》った。

「山本由佳里の件ですが、彼女は殺され、百七十万円の現金が、奪われたんではないのですか？　もし、荒木圭介が、犯人ならば、十月四日、あるいは五日の時点で、百七十万円という金を、持っていたわけでしょう？　それなのに、荒木圭介は、その頃、金に困っていて、仕事探しの掲示板に、危険な仕事でも、やるから、金をくれといったような、メッセージを書きこんでいるのです。おかしくはありませんか？」

「百七十万円の話は、テレビや新聞が、報道したからです。われわれも、当初は、そう、考えていました。確かに、山本由佳里というママさんは、いつも、二百万円ぐらいの現金を用意していて、そのうちの三十万円を、財布に入れ、残りの百七十万円を、現金のまま、自宅マンションに、置いていたらしい。そんなことを、何かの時に話したんでしょう。それで、テレビや新聞が、犯人は、山本由佳里を殺した挙句、現金百七十万円を、奪って逃走したと報道したんです」

「そうなんですか？」

「今日、こちらにくる前に、山本由佳里の六本木の店のマネージャーに確認してきました。マネージャーは、こういっていました。以前、ママが、テレビに出ることがあって、その時、現金をいつも二百万円持っていて、そのうちの、三十万円を財布に入れ、残りの百七十万円を現金のままで、マンションに、置いてある。そんなことを、話したので、危ないと思って、ママに忠告した。現金は家に置かないほうがいいですよ。そういったら、最近は、置くのをやめたわと、ママが答えたといっています。それなのに、どうして、百七十万円の、現金が奪われたと、ニュースで報道されたのかがわかりませんと、マネージャーは、いぶかしんでいました。マスコミが、ママがテレビに出た時のネタで、早とちりしたんでしょう。だから、荒木圭介は、マンションの部屋に、忍びこんで、山本由佳里というママを殺してしまったが、現金は手に入らなかったと、今は、思っています」

「山本由佳里を殺したのは、原田健太郎ではなくて、荒木圭介だということは、何となく、納得しましたが、それが、どうして、こうしたローカル線の、車内での殺人事件に、発展したのでしょうか？」

15

「この先も、私の勝手な、想像ということになるのですが、それを承知の上で、話をきいてください」

「わかりました」

「原田が、捕まるまでの間に、荒木に会ったことは、間違いないんです」

「会って、どうしたんでしょうか？」

「原田は、十月四日の事件で、自分が警察に疑われることを覚悟していたと思います。今は、真面目に働いているが、安月給で、金に困っていたし、昔はわるで、前科もある。それに、山本由佳里の店に飲みに何回かいっていますからね。十月四日は、会社から、まっすぐアパートに帰り、ひとりで食事をし、テレビを見ながら寝てしまったんでしょう。つまり、はっきりしたアリバイがなかった。これでは危ないと思って、荒木圭介に会って、万一の時、というのは、逮捕されて、自分のアリバイ主張が認められない時ということですが、その時には、十月四日は、会社が終わったあと、新橋のガード下の飲み屋にいき、そこで、午後十時頃まで、一緒に飲んだというから、警察が調べにきたら、そのとおりだといってくれと、頼んだと思うのです。荒木は、オーケイだと、引き受けてくれた」

「しかし、原田は、逮捕されたあと、そのアリバイを主張しませんでしたね。十月十五日まで」

「そうです」

「なぜでしょうか？」

「原田は、逮捕されたあとか、その前かはわかりませんが、荒木を疑い始めたんですよ。十月四日の夜、山本由佳里を、自分は殺していない。ひょっとすると、殺したのは、荒木圭介じゃないかと、疑い始めたんだと思います。だから、私たちに、自分が安心できる日の十五日まで、荒木の名前を出してのアリバイ主張はしなかったんでしょう」

「どうして、荒木を疑ったんでしょうか？」

「原田のほうは、冗談で、山本由佳里のことを、話したんですよ。だが、荒木のほうは、真面目に働くのはいやなくせに、楽して金を手に入れたい。だから、荒木は、本当に、そんな六本木のママがいるなら、一度、会わせてくれと、原田にいい、原田は、その店に、荒木を連れていった。原田は、逮捕されたあと、そんなことも思い出して、犯人は、荒木ではないかと、すぐに、疑い始めたんでしょう」

「犯人が、荒木なら、原田のために、アリバイの証言なんかしませんね」

「そのとおりです」

「しかし、原田は、なぜ、十五日になって、荒木の名前を出し、十月四日の夜は、彼と新橋のガード下の飲み屋で、一緒に飲んでいたと主張したんでしょうか？」

二人のやり取りを、じっときいていた、亀井が、きいた。

「原田は留置場のなかで、考えたんだと思う。このままでは、山本由佳里殺しの犯人にされてしまう。そこで、ある一つの考えを持って、逮捕された翌日の、十日には、弁護士に会ったんだ」

「原田健太郎は、弁護士に会って、何をしてもらうつもりだったんでしょうか？

原田の弁護士は、佐藤《さとう》という若い弁護士で、やたらに張り切っていますが」

十津川は、白石に向けて、というより、亀井に、いった。

「これも、私の勝手な想像なんだがね、原田は、佐藤という若い弁護士に、こんなふうに、話したんじゃないか？ 自分は真犯人をしっている。昔、俺とわるの仲間だった、荒木圭介という男だ。以前、荒木と会った時、一緒に飲みながら、いろいろと話をしたんだが、その時、荒木は、やたら金に、困っていた。どうしたら、簡単に大金を手に入れられるかときくから、冗談交じりに、自分の知り合いで、山本由佳里というクラブのママがいる。彼女は、成城の高級マンションに、住んでいて、現在、ひとり暮らしだから、忍びこんでも、心配がない。それに、いつも午前一時すぎにならなければ、帰ってこない。うまく忍びこめば、悠々と部屋のなかを、あちこち、物色できる。それに、いつも現金を百七十万円置いてあるときいたから、それをかっさらってくればいい。こんな簡単な仕事は、ほかにはないんじゃないか？ と話した。ところが、荒木圭介は、信用しなかった。そこで、それじゃあ、現物を見せてやると、山本由佳里がママをやっている店に連れていってやった。それで、荒木は、うまくやれば、簡単に、大金が手に入るかもしれないと思いこんでしまった。俺は、冗談のつもりで話したんだが、荒木の奴は、根っからのわるだから、本当に、マンションに忍びこんでしまった。ところが、相手が突然、早く帰ってきてしまって、部屋のなかで鉢合わせになり、荒木は、山本由佳里を殺してしまった。これが本当のところなんだが、今のままでは、いくら話をしても、警察は信用してくれないだろうと思っている。しかし、これは、本当なんだ。それで、すぐにでも、山本由佳里の店にいって、マネージャーやバーテンやホステスに、この話をしてほしい。そうすれば、そのなかに、俺が、荒木圭介を連れていったことを、覚えているのがいるかもしれない。今のままでは、俺が犯人にされて、刑務所に、送られてしまう。そうかといって、昔の仲間の荒木圭介が、犯人だといっても、信用してもらえない。だから、店の人たちに話して、何とか、俺の無実を、証明してもらいたい。そんなことを、佐藤という弁護士に話したんじゃないかと、思っているんだ」

「原田は、十月の十五日になって初めて、私たちに、荒木圭介の名前をいいましたね？　あれは、どういうつもりだったんでしょうか？」

「弁護士から、原田が、山本由佳里の店に、荒木を、連れていったことがあった、という、証言が取れた、ときいたんじゃないだろうか。昔の仲間の荒木圭介が、アリバイを証明してくれるといえば、その証言を信用するしないにかかわらず、警察は、荒木のことを調べるだろう。じっくりと調べてくれれば、ひょっとすると、荒木が真犯人で、今、逮捕されている俺のほうは、濡れ衣だとわかってくれる刑事が、出てくるかもしれない。そう思って、荒木圭介の名前を、アリバイの証人として、口にしたんじゃないのか？　ただ、共犯ではないにしても、自分が荒木をそそのかした責任も、取らされるんじゃないかと、悩んでいて、名前を出すのが少しばかり遅すぎたから、翌日には、この列車のなかで、荒木圭介が、殺されてしまったんだ」

16

十津川が話を終わると、それを待っていたかのように、県警の、白石警部が、笑いながら、

「間もなく、陸中川井に、着きますよ。一時間十二分のノンストップの時間が、やっと終わるんです」

「一時間十二分というのは、こうやって、実際に乗ってみると、かなり長いですね」

「これなら、荒木圭介が、渡されたウイスキーを、なかに青酸カリが入っているともしらずに、飲んでしまう可能性は、かなり大きいと納得しましたよ」

と、白石が、いった。

17

「快速リアス」は、宮古に、到着した。

宮古署に、顔を出したあと、パトカーで、送ってもらい、十津川たちは、盛岡に戻った。

そこで、白石警部とわかれ、二人は東北新幹線で、東京に戻った。

なるべく早く〈クラブゆかり〉にいき、バーテンやホステスに、話をききたかったからである。

その日の夜、二人は〈クラブゆかり〉を訪ねた。

マネージャー、バーテン、ボーイ四名、それから、ホステス十五名の、中堅の洒落た店だった。

ママの山本由佳里は殺されてしまったが、店のほうは、長谷川《はせがわ》亜矢《あや》というホステスが、ママの代理を務めていた。

長谷川亜矢の、顔を見た、十津川と亀井は、お互いに、目配せを、交わし合った。

その長谷川亜矢から、十津川は話をきくというよりも、こちらの話をきいてもらうことにした。

十津川は、荒木圭介の顔写真を、亜矢の前に置いた。

「この男なんですが、名前は、荒木圭介といいます。年齢は三十五歳です。この男が、十月四日に山本由佳里さんを殺したと、われわれは疑っています。この男が、店にきたことがありますか？」

「ええ、前に一度、いらっしゃったことがありますよ。その時は、確か、原田さんが、連れていらっしゃったことを覚えています。その原田さんは、ママを殺した犯人ということで、逮捕されてしまっていますけど」

「あなたは、原田健太郎が、ママさん殺しの犯人だと思いますか？」

「いいえ、思いませんけど、警察は、原田さんが犯人だと、思っているんでしょう？」

「いや、今は、この顔写真の、荒木圭介を疑っています。この二人ですが、以前はわる仲間でした。最近になって、原田健太郎のほうは、気持ちを入れ替えて、地味ながらも真面目に働くようになったのですが、荒木圭介のほうは、相変わらずのわるで、仕事にも就かず、楽をして、何とか大金を手に入れようと、考えていたようなんです。二人は会って、まあ、昔のわる仲間ですから、原田健太郎は、冗談交じりに、この店のママだった山本由佳里さんのことについて、彼女の住んでいるマンションに忍びこめば、ママは、午前一時をすぎないと帰ってこない。だから、悠々と部屋のなかを探して、大金があれば、そっくり盗むことができる。そんな話をしたんですね。荒木圭介は、その話を信用しなかったので、原田健太郎は、彼を連れて、この店に、きたんじゃないかと思うのですが」

「それで一度だけ、原田さんに連れられて、ここにきたんですね。それは、よく覚えていますわ」

と、亜矢が、いった。

「その時の荒木の様子は、どんなでしたか？」

と、亀井がきいた。

「それが、初めてお店にきたのに、私たちに、やたらに、ママのことをきくんですよ。本当に、ひとりなのかとか、ひとりでマンションに住んでいるのかとか。

いいお客さんじゃありませんわ」

「なるほど」

と、亀井がうなずき、十津川は、

「実物の山本由佳里さんに、会ったものだから、荒木は、急に大金を、手に入れたくなって、マンションに、忍びこんだんです。それが、十月の四日ですよ。うまく忍びこんだが、体調を崩した山本由佳里さんが、その日に限って、早く帰ってきてしまい、鉢合わせしてしまった。それで、彼女を殺してしまい、部屋にあるという百七十万円を奪って逃げようとしたが、ママは、現金を家に置くのは物騒だと思い、置かなくなってしまっていたので、荒木圭介は、殺人を犯したのに、肝心の金は、手に入れることができなかったのです。それでも、働く気のない男ですから、仕事探しの掲示板に、仕事をくれ。少しぐらい危険な仕事でも引き受けるといったメッセージを書きこんだんですね。それを見ていた女性がいます。ちょうど、あなたと、同じくらいの三十歳前後の女性で、私の考えでは、殺された山本由佳里さんの身内ではないかと、思っています。彼女は、ママを殺したのは、原田健太郎ではなくて、荒木圭介だと、思うようになっていました。原田健太郎の意を受けて、訪ねてきた、弁護士からきいた話が、納得のいくものだったのです。その弁護士は、殺したのは、荒木圭介という根っからのわるだと話したんですよ。それで、彼女は、荒木が、店にきた時、仕事探しの掲示板の、話をしていたことも、思い出しました。掲示板で、荒木圭介のメッセージを見つけた、問題の女性は、ある仕事を頼みたい。手付け金は、十万円。うまくいけば、二百万円の報酬を、支払う。そういうメールを送って、金をほしがっていた荒木圭介を誘い出したんですよ。奇妙な計画で、盛岡から、宮古までいく『快速リアス』という三両編成のディーゼル列車が、ありましてね。それに乗って、こちらが、頼んだ品物を、宮古で待っている人間に渡してくれれば、その場で、二百万円を支払う。そういって、荒木圭介を誘い、その列車に乗せてしまったのです。今日、私たちは、その列車に乗ってきました。非常に巧妙に作られた、殺人計画でしてね。岩手県の過疎地帯を走る快速ディーゼル列車、それに、まず乗せて、言葉巧みに渡した青酸カリ入りのウイスキーを、荒木圭介が、車内で飲むように仕向けたんですよ。それがまんまと、成功して、荒木圭介は、列車のなかで、死んでしまいました」

「もし、それが、本当で、ママを殺したのが、荒木圭介という男で、岩手県内を走る列車のなかで死んだのだとすれば、ママに報告しなければ、なりませんんわね。きっと、大喜びすると思います」

亜矢が、いった。

「失礼ですが、あなたは、岩手県のお生まれではないですか？」

突然、横から、亀井が、きいた。

長谷川亜矢は、反射的に、

「ええ、盛岡の生まれです」

「あなたは、ただのホステスさんではありませんね？　十五人いるホステスさんのなかで、一番、若そうに見えるあなたが、ママの跡を継いで、臨時のママに、なっている。もしかして、あなたは、山本由佳里さんの親戚に当たるんじゃありませんか？　顔も、似ていますよね」

「いいえ、違います」

亜矢が、慌てた感じで、首を横に、振った。

そのあとで、十津川が、マネージャーに話をきいてみると、長谷川亜矢という女性は、殺された山本由佳里の姪《めい》に当たる人間で、十代の頃から、山本由佳里に、可愛がられていたことがわかった。

長谷川亜矢のほうも、叔母の山本由佳里が好きで、将来は、叔母のようになりたい、自分の店を持ちたい、そう思って、大学を卒業したあと、この店にきて、ホステスをやるようになったのだと、マネージャーは、教えてくれた。

18

それから三日後、長谷川亜矢が、マネージャーに同道されて、警察に出頭した。

彼女は、署名捺印した上申書を持っていた。それには、こう書いてあった。

〈私は、叔母の山本由佳里を、心から尊敬し、慕っていました。私も叔母も、岩手県盛岡市の出身です。

その叔母の山本由佳里が、ある日、突然、強盗殺人の被害者になって、殺されてしまいました。

その犯人が、荒木圭介、とわかったので、私は、叔母の敵を討ちたいと願い、荒木を、私たちの故郷である岩手に、誘い出して殺しました。

すべて私ひとりが計画し、私ひとりで実行したことです。

叔母殺しの容疑者として、今、警察に逮捕されている原田健太郎さんは、犯人ではありません。すぐ釈放していただくように、お願いいたします。

〈長谷川亜矢〉

小さな駅の大きな事件

1

二両連結の赤い気動車が、その駅に停車した。

畑の真ん中に、ぽつんと、小さなホームがある。ホームは短く、駅員の姿もない。

中年の男の乗客が、ひとりだけ降り、列車は、ごとごとと、走り去ってしまった。

五月中旬だが、降り注ぐ太陽は、真夏のそれのように、ぎらついていた。

男は、小さなアタッシェケースを、右手に提げたまま、ホームに立って、周囲を見回した。

コンクリートのホームにまで、雑草が生《は》えている。ひょろひょろと延びる単線のレールは、ひどく、頼りなく見える。

ホームには、屋根つきのベンチがあるが、四人も座れば、一杯になってしまいそうな長さである。

男は腕時計を見、それから落ち着かない顔で、駅のホームを、いったりきたりしはじめた。

ホームの端には〈日本最南端の駅・北緯三十一度十一分〉と書かれた標識が、立っている。

その向こうに、さつまいも畑が広がり、さらにその向こうには、薩摩富士《さつまふじ》と呼ばれる開聞岳《かいもんだけ》が、優雅な姿を見せていた。

しかし、男は、そんな景色に、見とれるでもなく、また、腕時計に目をやり、軽く、舌打ちをした。

むっとする暑さである。

男は、屋根の下に入り、ベンチに腰をおろして、ハンカチで、汗を拭った。

だが、またすぐ、立ちあがって、周囲を見回した。

煙草に火をつける。

男の目が、急に、光った。

「遅いじゃないか」

と、男が、いった瞬間だった。突然、周囲の静けさを破って、銃声が、轟《とどろ》いた。

ホームにいた男の体が、ぐらりとゆれて、口にくわえた煙草が、飛んだ。

アタッシェケースが、線路に落ち、男の体が、その場に、崩れ落ちた。

もう一度、銃声がして、それっきり、静かになった。午後二時十六分である。

2

ホームに倒れている男の死体を発見したのは、上りの列車の運転士だった。

一三時五一分枕崎《まくらざき》発の普通列車は、一四時四六分に、西大山《にしおおやま》駅に着いて、運転士が、死体を見つけて、連絡したのである。

指宿《いぶすき》署から、すぐ、パトカーが、駆けつけた。

指宿から、十二、三分の距離である。

男は、胸に一発、顔に一発、弾丸を受けていた。

原田刑事が、眉をひそめたのは、弾丸が命中して、顔の一部が、砕けてしまっていたからである。

(止めを刺したのか)

と、原田は、思った。

犯人は、まず、胸に一発撃っておき、男が倒れたあと、顔に向けて、二発目を撃ったらしい。

男は、夏物の背広を着ていた。

上着には「加倉井」のネームが入っていた。

内ポケットからは、十七万円入りの財布と、運転免許証が、出てきた。

運転免許証によれば、被害者の名前は、加倉《かくら》井肇《いはじめ》。五十二歳。住所は、東京である。

原田は、指宿署に戻ると、東京警視庁に加倉井肇についての調査協力を、要請した。いつものとおりの協力要請である。

しかし、それを受けた警視庁捜査一課の十津川警部は、強いショックを受けた。

殺された加倉井肇を、しっていたからである。

十津川は、本多一課長に会うと、

「これは、あの加倉井さんでしょうか？」

と、きいた。

「それを、私も、考えていたんだよ。顔立ちや、背格好からみると、どうやら、加倉井君だと思わざるを得ないね。しかし、彼が、なぜ、そんなところにいったのか、まったく、わからん」

本多は、首を振った。

加倉井肇は、警視庁捜査一課の刑事である。

いや、刑事だったというべきだろう。とにかく、鹿児島《かごしま》の小さな駅で、死んでしまったのだ。

五十二歳で、まだ平《ひら》刑事で、それが、一つの名物になっているような刑事だった。

偏屈《へんくつ》で、ほかの刑事たちから、何となく、敬遠されてもいた男である。

事件の時も、やたらに、単独行動を取りたがった。

それが、成功した時はいいが、失敗した場合は、全体の統一が取れなくなるのである。

自然に、単独行動でいいような事件に、回されていた。

「とにかく、君は、明朝早く鹿児島へいって、確認してきてもらいたい」

と、本多は、十津川に、いった。

翌朝、十津川と、亀井は、羽田《はねだ》空港から、午前九時三〇分発の全日空６２３便に、乗った。

「本当に、加倉井さんなんでしょうか？」

と、亀井も、半信半疑の顔で、十津川にきく。

ボーイング747SRの機内は、八割ほどの客だった。

「おそらくね」

と、十津川は、いった。

「課長は、何といってるんですか？　九州で死んだことについて」

「わけがわからんと、いっていたよ」

「加倉井さんは、鹿児島の生まれでしたか？」

「昨夜、ちょっと調べてみたんだが、加倉井さんの故郷は、福井《ふくい》だ」

「奥さんは――」

と、いいかけてから、亀井は、憮然とした顔になって、

「わかれたんでしたね」

「うん。一年前に、わかれている。娘さんがいるんだが、奥さんが引き取っているよ」

「奥さんに、会われたことがありますか？」

「二度だけね。もう一度、会うことになると思うがね」

と、十津川は、いった。

わかれた原因も、たぶんに、加倉井のほうにあると、十津川は、きいていた。

約二時間で、鹿児島空港に着いた。

地方の空港にしては、大型ジェット機の発着が可能で、設備のととのった立派な空港である。

空港の到着口に、鹿児島県警の伊東警部が、迎えにきてくれていた。

三十五、六歳の若い警部である。

「遺体は、指宿署にあります」

と、伊東は、十津川たちを、パトカーに案内しながら、いった。

「では、まっすぐ、指宿署へいって下さい」

と、十津川は、いった。

十津川と亀井が乗ったパトカーは、海沿いに延びる国道226号線を、南下していった。

指宿枕崎線のレールが、平行して、走っている。

途中の喜入《きいれ》では、巨大な、石油の備蓄基地を見ることができた。

しばらくの間、噴煙を吐く桜島《さくらじま》が見えていたが、視界から消えたと思うと、車は、指宿の街へ入っていた。

東洋のハワイといわれる指宿には、ホテルや旅館が、林立していて、年間の観光客の多さが、わかるような気がした。

指宿署に着くと、十津川と、亀井は、すぐ、遺体を、見せてもらった。

白布をどけると、やはり、あの加倉井刑事だった。

弾丸は、二発、当たっていた。

胸に一発、そして、眉間に一発である。眉間に命中しているため、顔が、歪んでしまっているように見えた。

「犯人は、まず、胸を撃ち、そのあと、止めを刺す感じで、顔を撃ったのではないか、と、思いますね」

と、伊東警部が、いった。

「ひどいものですね」

亀井は、顔をそむけて、小声で、いった。

「止めを刺したか」

「相手は、プロでしょうか？」

「それとも、よほど、加倉井さんを、憎んでいたかだろうね」

と、十津川は、いった。

伊東警部は、昨日から、今日までの間に、わかったことを、話してくれた。

加倉井が、死んでいるのを発見した列車の運転士は、特に、何もなかったと証言したが、彼が、乗ったと思われる列車の車掌は、彼が、茶色のアタッシェケースを、持っていたと、証言している。

「これが、それとよく似ていると、いわれるものです」

と、伊東は、いった。

茶色いアタッシェケースだった。厚さ十センチくらい。縦三十センチ、横六十センチくらいの小さなアタッシェケースだった。

「これが、失くなっていたわけですか？」

十津川は、それを、手に持ってみた。

加倉井刑事は、これに、何を入れて、持っていたのだろうか？

「撃たれるところを、目撃した人間はいないんですか？」

と、十津川は、きいた。

「それが、まだ、見つかっていません」

「しかし駅のホームに、いたわけでしょう？」

「いかれると、わかりますが、無人駅で、周囲にはほとんど、人家がありませんから」

と、伊東は、いった。

3

十津川と、亀井は、二人だけで、指宿駅に向かった。

泉都《せんと》指宿の玄関だけに、指宿駅は、ローカル線には珍しく、ホテルのような豪華な構えだった。

しかし、やってきたのは、二両編成の小さな気動車である。

ちょうど、加倉井が、乗ったと同じ、西鹿児島発一二時三二分の列車に、乗ることができた。

夏休みになれば、海水浴客で、一杯になるのだろうが、今日は、まだ、がらがらだった。

西大山駅は、指宿から三つ目の駅である。

指宿の駅とは、比べようもないほど、小さな無人駅だった。

十津川と、亀井が、降りると、列車は、ごとごとと、走り去ってしまった。

午後の二時すぎで、南の国の太陽が、降り注いでいた。

「本当に、何もないところですね」

と、亀井が、呟いた。

雑草が、生い茂ったホーム。その周囲は、さつまいも畑である。

遠くに、薩摩富士と呼ばれる開聞岳が、見える。わずか九百メートルの高さだが、周囲が、平坦な畑なので、高く見える。

さつまいも畑は、この時間のせいか、人の姿は見えなかった。

コンクリートのホームには、県警の刑事が、描いたものだろう、白いチョークで、人の形ができていた。

線路にも、雑草が、生い茂っている。

「確かに、目撃者がいなかったというのも、うなずけますね」

と、亀井が、いう。

「犯人は、加倉井さんと、顔見知りだったんじゃないかねえ」

十津川は、ホームのベンチに、腰をおろしてから、亀井にいった。

「同感です。加倉井さんは、胸を撃たれています。心臓に命中していることから考えて、かなり、近くから撃ったものと思います。犯人は、無警戒な加倉井さんを、撃ったんだと、思いますね」

「問題は、何しに、加倉井さんが、ここへきたかということだがね」

十津川は、煙草に火をつけて、考えこんだ。

亀井も、その横に、腰をおろした。

「加倉井さんは、何か、事件を担当していたんですか？」

「それなんだがね。彼は、二日前から、休暇を、取っていたんだ」

「では、私用で、ここへきていたことになりますか」

「そうなるんだが」

十津川は、曖昧ないい方をした。

「違うんですか？」

「わからないが、加倉井さんは、有名な仕事好きだからねえ」

「しかし、ここには、何もないみたいですね」

と、亀井が、いった。

延々と広がるさつまいも畑。まさか、それを見るために、ここに、きたわけではないだろう。第一、それなら、撃たれたりは、しないだろう。

十津川は、立ちあがって、もう一度、ホームに描かれた人形《ひとがた》を、見た。

実際に、そこに、倒れてみる。

「犯人は、線路の反対側から、近づいてきた感じだね」

と、十津川は、いった。

「同じ列車からは、加倉井さん以外は降りなかったんですね？」

「ああ、車掌が、そう証言している」

「となると、犯人は、車で、やってきたことになりますが」

「加倉井さんを、ここへ呼び出しておいて、射殺したか」

「射殺するというのは、よほどのことですよ」

「そうだな」

と、十津川は、眉をひそめて、うなずいた。

指宿署へ戻ると、加倉井の娘のみや子が、海を見つめていた。

二十一歳で、東京の女子大生である。

十津川も、二度ほど、会っていた。

「母は、きたくないというので、私ひとりできたんです」

と、みや子は、いった。

「お父さんとは？」

「今、会ってきました」

「お父さんのことを、きいてもいいかな？」

と、十津川は、いった。

「ええ」

「お父さんが、鹿児島へきていることは、しっていましたか？」

「いいえ。だから、しらせをきいて、びっくりしてしまって――」

「お父さんは、二日前、五月十二日から休暇を取っているんですが、しっていましたか？」

と、十津川は、きいた。

「それはしりませんけど、確か、九日に、電話がありましたわ」

「どんな電話でした？」

「ひどく、張り切っていて、大きな仕事をやることになったと、いっていましたけど」

と、みや子が、いう。

「それ、本当ですか？」

十津川は、自然に、彼女の顔を見直していた。

「ええ、本当ですわ」

「大きな仕事をやることになったと、いったんですね？」

「ええ。最近、父は、仕事のことで、悩んでいるみたいだったんです。それで、九日の電話で、ほっとしたんですけど、こんなことになってしまって——」

みや子は、急に、悲しげな顔になった。

「大きな仕事について、具体的なことは、いわなかったんですか？」

と、亀井が、きいた。

「ええ。父は、仕事のことは、あまり、いわないほうでしたから。そんな父が、わざわざ電話をかけてきたので、よほど、嬉しかったんだなと、思っていましたわ」

「そのあと、何の連絡もなかったんですか？」

「ええ」

「お父さんの所持品は、見られました？」

「ええ。見せて、いただきました」

「何か、失くなっているものは、ありませんでしたか？」

十津川が、きくと、みや子は、いやいやをするように、首を振って、

「父と別居してから、電話は、時々、ありましたけど、会ってはいないので、わからないんです。ただ、腕時計が――」

「なかったんですか？」

「いいえ。高いものなので、びっくりしました」

「どんな腕時計でしたかね？」

「オメガの高いものでした。父には、どうも、似合っていない気がして」

と、みや子は、いった。

そういえば、加倉井は、身なりに構わない男だったし、ブランド物を、馬鹿にしているところがあった。

「いつもは、国産時計だったんですか？」

と、亀井が、きいた。

「ええ。外国時計なんかには縁のない父だったんですけど」

「いくらぐらいするものですかね？」

「わかりませんけど、二、三十万円は、するはずだと思いますわ」

と、みや子は、いった。

十津川は、その腕時計を、見せてもらった。

オメガのチタン製の腕時計である。確かに、二、三十万円はするだろう。

加倉井は、急に、ブランド志向になったのだろうか？

その夜、本多一課長から、電話が、かかった。

「すぐ、帰ってきたまえ」

と、本多は、いった。

「こちらで、少しこの事件を調べてみたいんですが」

と、十津川は、いった。

「しかし、鹿児島県警の事件だよ。それに休暇中に、殺されたんだ」

「それですが、射殺ですからね。よほどのことがあったんじゃないかと、思えるんです」

「いいから、すぐ、戻ってきたまえ。こっちでも、事件が、起きてるんだよ！」

本多は、いつになく、いらだちを見せて、電話の向こうで、怒鳴った。

「わかりました」

と、十津川は、いったが、何か、胸に、つっかえるものが、残った。

亀井も、同じだったとみえて、

「おかしいですね。いつもの本多課長らしくありませんよ」

と、いった。

「何かありそうだね」

「どうしますか？」

「命令だから、すぐ、帰京するより仕方ないが、私は、東京に戻ってからも、加倉井さんのことを、調べてみたいんだ」

「私もです」

「加倉井さんが、なぜ、ここへきたか、その理由がわかればねえ」

と、十津川は、いった。

翌朝、十津川と、亀井は、午前九時二五分鹿児島発の全日空機で、東京に、帰ることにした。

東京は、雨だった。

十津川は、すぐには、警視庁に戻らず、加倉井のマンションに、寄ることにした。

タクシーに乗ってから、運転手に向かって、

「四谷《よつや》三丁目」

と、十津川が、いうと、亀井が、心配して、

「構いませんか？」

「いいだろう。警視庁へ戻るまでは、自由に動いていいと思っている」

十津川は、珍しく、難しい顔で、いった。

加倉井が、住んでいたのは、四谷三丁目の古びたマンションである。

十津川は、一度だけ、遊びに寄ったことがあったが、1DKの狭い部屋だったのを覚えている。

「わかれたといっても、娘は別ですからね。時々送金しているんですよ」

と、加倉井は、いっていた。

マンションに着くと、十津川は、管理人に断って、五階の加倉井の部屋に、あがっていった。

「あの加倉井さんが、亡くなったとしって、びっくりしましたよ。俺は、不死身だって、いつも自慢なさっていましたからねえ」

と、管理人は、目をぱちぱちさせた。不死身だという言葉は、十津川も、加倉井本人からきかされたことがある。

「俺は、不死身でね」

と、いうのが、彼の口癖でもあったからだ。

殺人犯人に立ち向かっていく時も、加倉井は、若い刑事よりも、先に突進していった。危ないからと、止めても、駄目だった。

本気で、自分は、不死身だと、信じていたのかもしれない。

「気合いだよ。気合いで、相手を圧倒すれば、向こうが、拳銃を持ってたって、大丈夫だ」

と、加倉井が、よく、若い刑事にいっていたのを、十津川は、しっている。

それが、あっけなく、死んでしまった。

亀井が、五〇三号室のドアのノブに、手をかけた。

鍵が、かかっているだろうから、管理人に、開けてもらおうと思ったのだが、

「開いていますよ」

と、亀井が、いった。

「開いてる?」

十津川が、眉をひそめ、亀井は、なかに入ってみた。

男やもめという言葉が、ぴったりする感じの、がらんとした部屋なのだが、ひと目見て、荒されていると、十津川は、わかった。

小さな本箱は、本が何冊か落ち、押し入れも、開けたままになっている。

「誰かが、調べたみたいですね」

と、亀井が、いった。

「彼は、意外に、きちんとしていたからね。こんなにして、旅行にいくはずはないんだ」

と、十津川は、いった。

「誰が、何のために、こんなことをしたんですかね？」

「たぶん、加倉井さんを、鹿児島で、殺した人間だろうね」

と、十津川は、いった。

「盗みということは、考えられませんか？」

「盗まれるようなものは、なかったんじゃないかな」

と、十津川は、いった。

「しかし、腕時計のことがありますが——」

「ああ、オメガの時計か」

十津川は、加倉井に、似合わない腕時計のことを、思い出した。

二人は、部屋のなかを、調べてみた。

「預金通帳がありましたよ」

と、亀井が、机の引き出しにあったものを、ひらひらさせた。

加倉井名義の通帳だが、毎月の給料が入金され、そのなかから、五万円ずつ、娘の口座に、振り込んでいるのが、わかった。

残金は、十六万円足らずである。

別に、不審な点はなかった。

手紙の類《たぐい》は、ゴムバンドで留めて、本棚の端に、置かれていた。

「これを調べた形跡はないな」

と、十津川は、いった。

「まだ、銀行は、開いているね？」

十津川が、急に、亀井に、きいた。

「まだ、一時半ですから、大丈夫ですが、通帳には、不審な点は、ないと思います」

「わかってるよ」

と、十津川は、いった。

それでも、十津川は、通帳のM銀行四谷三丁目支店へいってみた。

支店長に会って、加倉井のことをいうと、この支店長も、眉を曇らせて、

「あんな丈夫そうな方がと、びっくりしました。やっぱり、ピストルには、かないませんか」

「これは、ここの預金通帳ですね？」

と、十津川は、十六万円の残《ざん》のある通帳を見せた。

「ええ。うちの通帳ですが――」

「ひょっとして、このほかに、加倉井さんは、口座を持っていたんではありませんか？」

と、十津川は、きいてみた。

「ええ。ただ、ちょっと――」

急に、支店長は、迷いの表情になった。

「何か、まずいことでも、あるんですか？」

「あまり、ほかに、いってもらっては、困るんですが」

「いいませんよ。約束します」

と、十津川は、いった。

「じつは、五月九日に、いらっしゃいまして、口座を作りたいと、おっしゃった

んです」

「しかし、すでに、口座は、あるわけでしょう？」

「ええ。それが、別の名前で、口座を作りたいと、いわれるんです。理由は、きかないでくれとおっしゃいましてね。信用のおける方なので、お作りしました。

本当は、いかんのですが」

「何という名前でですか？」

「星野一郎《ほしのいちろう》という名前でした。一万円入れていただいて、口座をお作りしました」

「今日までに、入金がありましたか？」

と、亀井が、きいた。

「いや、一円もありません」

「通帳も、作ったわけですね？」

「はい。加倉井さんが、お持ち帰りに、なりましたが」

「印鑑も、持参したんですね？」

「もちろんです」

「その口座を作るについて、加倉井さんは、どういっていましたか？」

「今いいましたように、とにかく、理由はいえない。悪用する気はないから、とだけ、おっしゃっていましたね」

「その口座のことで、誰か、問い合わせてきた者はいませんか？」

と、十津川は、きいてみた。

「いえ、ありません」

と、支店長は、いった。

4

二人は、銀行を出た。

「星野一郎という通帳は、あの部屋にありませんでしたよ」

「印鑑もね」

「所持品のなかにも、ありませんでしたね」

と、亀井が、いう。

「あの部屋を探した人間が、持ち去ったんだろう」

「しかし、加倉井さんは、なぜ、そんな通帳を作ったんでしょうか？」

と、亀井は、きいた。

「そうだねえ」

十津川は、曖昧な表情になった。

いろいろなことが、想像される。しかし、あまり、楽しい想像ではなかった。

これが、加倉井でなくて、どこかの商店主だったりしたら、簡単なのだ。税金対策ということで、決まりだろう。

だが、相手は、加倉井である。彼がそんなことをするはずがない。

といって、遊びで、仮名の口座を作るとも、思えなかった。

「どうされたんですか？　急に黙ってしまわれて」

亀井が、心配そうにきいた。

「カメさんは、どう思うね？」

「仮名の口座を、作っていたことですか？」

「ああ、そうだ」

「いろいろと、考えられます。よくも、悪くもです」

「どんなふうにかね？」

十津川は、立ち止まって、きいた。

「星野一郎という男が、実在していて、加倉井さんは、その男に、何か贈ってやりたい。それが、預金通帳だったということです。いくらか溜《た》まったら、印鑑をつけて、プレゼントする――」

「なるほどね」

「相手は、恵まれない少年かもしれません。それなら、心温まる話になるんですが。しかし、暗い話の可能性もありますね。加倉井さんが、殺されていますからね。そのことと、結びつけて考えると、どうしても、暗いほうに、想像が、いってしまいます」

「黒い金か？」

「そうなんです。それに、もし、ほほえましい話題になるようなものなら、何者かが、通帳や印鑑を、持ち去るということも、ないと思うのです」

「いやな話になる可能性があるね」

と、十津川は、いった。

十津川は、警視庁に帰ると、本多捜査一課長に、会った。

「帰りました」

と、十津川が、報告すると、本多は、加倉井のことは、何もいわずに、

「すぐ、仕事についてくれ。世田谷《せたがや》で起きた殺人事件だ」

と、いった。

「わかりましたが、一つだけ、おききしたいことがあるんです」

「質問は、禁止だ」

と、本多は、いった。

「つまり、加倉井さんのことは、アンタッチャブルだということですか？」

「鹿児島県警に、任せておけばいいということだよ。加倉井刑事に関する資料は、すでに、県警に、送ってある」

「しかし――」

「世田谷の事件が、優先だ」

と、本多はいい、もう、加倉井の話は打ち切りだという感じで、窓の外に、目をやってしまった。

十津川は「わかりました」といい、亀井たちを連れて、世田谷署へ向かった。

こちらの事件は、サラリーマンの妻が、近くの公園で、夕方、殺されたというものだった。

物盗りと、怨恨《えんこん》の両面からの捜査を進めながらも、十津川は、加倉井のことが、気になって、仕方がなかった。

確かに、あの事件は、鹿児島県警の所轄《しょかつ》である。

しかし、殺されたのは、警視庁捜査一課の現職の刑事なのだ。当然、こちらと、合同捜査となるはずである。

本多も、最初は、そのつもりだったからこそ、急いで、十津川と、亀井を、派遣したのだろう。

それが、急に、タッチするなということになったのは、なぜなのだろうか？

どこからか、圧力が、かかったに違いないと、思うのだが、それが、どこからなのか、見当がつかない。

「どうやら、怨恨ですね」

と、亀井にいわれたあとも、十津川は、加倉井のことを考えていた。

「怨恨？」

と、きき返してしまった。

「被害者の新井《あらい》リカは、どうも、不倫を、していたようです。その相手が、わかれば、事件は、自然に解決すると、思います」

「そうか、不倫か」

「加倉井さんの事件のことが、やはり、気になりますか？」

と、亀井にいわれて、十津川は、苦笑しながら、

「まあね」

「じつは、私もなんです」

「困ったな」

と、十津川は、いった。

公園で殺された新井リカの不倫の相手の名前が、わかった。

近くのスーパーの二十五歳の店員だった。

三十六歳で、女盛りの被害者は、若いその男に、次第に、溺れていったのだろう。

その男、安田《やすだ》は、事件の直後から、行方不明になっていた。

安田の故郷は、福岡《ふくおか》である。

すぐ、福岡県警に、協力要請が、出された。

「もう、この事件は、終わったようなものですね」

亀井は、ほっとした顔で、いった。

十津川は「そうだな」と、うなずいてから、

「三日も、休暇を取って、何をする気だったのかな」

と、呟いた。

「加倉井さんのことですか？」

「彼は、めったに、休暇を取らない男だったよ」

「そうでしたね」

「それが、三日も、休暇を取った――」

「今、事件が重なって、忙しい時です。普段の加倉井さんなら、絶対に、休みなんか、取らんでしょう」

「だが、取った」

「鹿児島県警の捜査は、少しは、進んでいるんでしょうか」

と、亀井が、きく。

「さっき、向こうの伊東警部に電話して、きいてみたんだがね、まったく、進んでいないそうだよ。動機が掴めないので、困ると、いっていたね」

「こちらから、加倉井さんの資料は、送ってあるんじゃありませんか？」

「そうなんだが、当たり障りのない資料しか、送っていないと思うね。伊東警部が、手がかりにならないと、いっていたからね」

「星野一郎の口座のことでもしらせてやったら、喜ぶんじゃありませんか？」

と、亀井が、いった。

「何のための口座かわかれば、しらせたいがね。何もわからないで、しらせると、向こうの捜査を、混乱させるだけかもしれないのでね」

「こんな推理は、どうですかね」

「話してみてくれ」

と、十津川は、いった。

「加倉井さんは、一直線で、孤立していましたからね。それに、腕利きだった。何かを頼むには、もっとも、いい男だったんじゃないかと、思うんです」

「秘密が、漏れにくいからかね？」

「ええ。それに、昔気質だから、頼まれれば、いやとは、いえないでしょうしね」

「しかし、初対面の人が、何か頼んでも、加倉井さんは、うんと、いわなかったと思うがね」

「ええ。よくわかります。ただ、義理人情に弱かったですから、よくしっている人間なら、その知人に、頼まれると、断り切れなかったろうと、思いますね」

「それも、上司の紹介だと、よけいじゃなかったかな？」

「同感です。何者かが、加倉井さんに、仕事を頼んだんだと、思います。それで、彼は、休暇を取って、鹿児島の西大山駅まで、いった。依頼人は、その礼金を振り込むので、加倉井さんに、口座を、作っておけと、いったんじゃないでしょうか。あとで、妙なアルバイトをしたことがわかったら、困るので、星野一郎という名前の口座を作ったのだと思います」

「うん」

「しかし、何か不都合か、連絡ミスがあって、彼は、射殺されてしまったのではないですかね？」

「それが、何かわかればね」

と、十津川は、いった。

世田谷の事件のほうは、簡単に、解決した。

殺人容疑者の安田が、故郷の福岡市内に立ち回ったところを、県警の刑事に、逮捕され、自供したからである。

「引き取りに、私と、亀井刑事が、いきたいと思います」

と、十津川は、本多一課長に、いった。

「君が？」

本多は、変な顔をしてから、急に、覗きこむような目になった。

「まさか、まだ、加倉井刑事のことを、気にしているんじゃないのかね？」

「なぜですか？」

「福岡は、鹿児島に近い。ついでに、そっちに回って、と、考えているんじゃないかと、思ってね」

「そんなことは、ありません」

と、十津川は、いった。

「君が、加倉井事件を気にするのは、わかるがね。私は、君が、傷つくのが、怖いんだよ」

と、本多は、いった。

「そんな事件なんですか？」

「正直にいって、私にも、わからないのさ。だが、君は、この事件に、近づかないほうがいいとは、思っている」

「しかし、殺されたのは、仲間のひとりです」

「わかってるよ」

と、本多は、憮然とした顔で、いった。

十津川が、課長室を出ようとすると、本多が、

「私の忠告を、忘れないでくれよ」

と、いった。

5

翌朝早く、十津川と、亀井は、新幹線で、博多《はかた》に向かった。

「東京駅で、電話されたのは、鹿児島県警の伊東警部にですか？」

亀井が、車内で、きいた。

十津川は、笑って、

「わかるかね？」

「引き取りに、ご自分で、いくといわれた時から、伊東警部に、向こうで、会われるんじゃないかと、思っていたんです」

「本多課長も、わかっていたようだよ」

「そうですか？」

「だから、あの事件に近づくなと、いわれたよ」

「しかし、警部は、近づきたいんでしょう？」

「加倉井さんは、友人だからね」

と、十津川は、いった。

「私にとっても、友人です。加倉井さんの性格は必ずしも、好きじゃありませんでしたが、あの仕事熱心さは、尊敬していたんです」

「わかるよ」

と、十津川は、いった。その点は、亀井に、よく似ていたのだ。

そのあと、二人の間に、加倉井刑事の思い出話が、交わされた。

十津川が、意識的に、亀井と、そんな話をしたのは、加倉井の思い出のなかに、今度の事件のヒントになることでもあればいいと、思ったからである。

結局、わからないうちに、列車は、博多に着いた。

まず、福岡県警本部にいき、安田を逮捕してくれた礼を、いった。

安田は、翌日の新幹線で、東京に、連行することにして、亀井と、市内のホテルに、チェックインした。

鹿児島県警の伊東警部が、宿泊先のホテルに訪ねてきたのは、夜になってからである。

十津川は、正直に、東京の空気を、伊東に話した。

伊東は、陽焼けした顔で、じっと、きいていたが、

「それで、納得がいきましたよ。警視庁から送られてきた加倉井刑事の資料が、型にはまっていて、捜査の役に、立ちそうもないことが」

と、いった。

「その後、何かわかったことがありますか？」

と、十津川が、きいた。

「今のところ、聞き込みに、全力をあげていますが、目撃者は、依然として、出てきませんね」

「そうですか」

「ただ、加倉井さんが、前日、鹿児島市内の『城山《しろやま》観光ホテル』に泊まっていたことが、わかりました」

「泊まっていたんですか」

「そうです。東京から、飛行機できて、そのまま、指宿枕崎線に乗ったのかと思ったんですが、違いました。前日にきて、一泊しているんです」

「宿泊カードの名前は、加倉井ですか？」

「いや、違います」

「星野一郎？」

「なぜ、ご存じなんですか？」

「それも、話しましょう」

と、十津川は、加倉井が、開いた銀行口座のことを、話した。

「おそらく、誰かが、その口座に、金を振り込むことになっていたんだと思いますよ」

「加倉井さんに、鹿児島行を指示した人間ですかね？」

と、伊東が、いった。

「そうでしょうね。『城山観光ホテル』での彼は、どんなふうだったんですか？」

「チェックインしたのは、午後四時頃です。そこで、鹿児島空港へいって、調べてみました」

「名前が、見つかりましたか？」

「前日の十二日の全日空625便で、着いた乗客のなかに、星野一郎の名前がありました。この便は、一二時ちょうどに、羽田を発《た》ち、一三時五〇分に、鹿児島に着きます」

と、伊東は、手帳を見ながら、いった。

「空港から『城山観光ホテル』まで、一時間くらいですね？」

「そうです。一時間で、着きます」

「一時五十分に着いて、四時チェックインとすると、タクシーの時間を入れても、一時間余りますね」

「ええ。その間、市内で買物をしたのかもしれないし、誰かに、会っていたのかもしれません。今のところ、わかりません」

「ホテルには、誰か、会いにきているんですか？」

「フロントを通した人間はいませんが、直接、部屋へ入った者は、わかりませんね」

「電話は、どうですか？」

「加倉井さんのほうから、外へかけた記録はありませんでしたが、フロント係は、彼が、ロビーにある公衆電話で、どこかへかけているのを、見ています」

「部屋からかけたのでは、どこへかけたか、記録に残ってしまうからでしょうね」

「そう思います」

「ロビーで、電話をかけたのは、何時頃なんですか？」

「二回かけています。チェックインした直後と、翌日、出発する時です」

「チェックアウトする時ですか？」

「いや、彼は、十三日も、泊まることにしてあったそうです」

「なるほど。自分が死ぬなんて、まったく、考えていなかったということですね」

「そうですね」

「そのほかに、ホテルで、何かしたということは、ありませんか？」

「チェックインしたあと、フロントで、指宿枕崎線の時刻表のコピーをもらっています」

「そのほかには、何かわかったことは、ありませんか？」

と、十津川は、きいた。

「加倉井刑事が、泊まっていた部屋を調べました。所持品のなかに、手帳がなかったので、ひょっとして、ホテルの部屋に、置いてあるのではないかと、思ったからです」

「ありましたか？」

「いや、残念ながら、ありませんでした。ただ、これが、落ちていました」

と、伊東は、細長い紙切れを、十津川に、見せた。

「何ですか？」

「加倉井さんは、十二日の夜、ホテルのルームサービスで、夜食を取っているんです。注文して、食べたのは、特製のカツ丼でした。その紙は、割箸を入れた袋です。たぶん、加倉井さんは、退屈まぎれに、箸袋を広げて、それに、悪戯書きをしたんだと思います。部屋の屑籠のなかから、見つけました」

と、伊東は、いう。

十津川は、そこに書かれた悪戯書きを、見つめた。

へのへのもへじが、書かれていたり〈西大山〉という駅名が、三回ほど書いてあったりする。

十津川が、注目したのは、そのなかに〈飯島《いいじま》〉という、姓名らしいものが書かれていたことだった。

〈Iijima〉と、ローマ字でも、書いてある。

「名前のようですね」

と、十津川が、いった。

「私も、そう思います。十津川さんは、その名前に、何か心当たりがありませんか？」

「捜査一課に、飯島という男は、いませんね。上司も、違います。しかし、加倉井刑事は、よほど、気になっていたようですね」

「ともかく、それを、お渡ししておきますので、何かわかったら、しらせて下さい」

と、伊東は、いった。

6

翌日、十津川と亀井は、世田谷殺人事件の犯人安田を、新幹線で、護送し、東京に、帰った。

世田谷の事件は、これで、終了である。

捜査本部も解散して、十津川が、家に帰ると、加倉井の娘のみや子から、電話が、かかった。

「こちらから、電話しようと、思っていたところでした」

と、十津川は、いった。

みや子と、新宿《しんじゅく》の喫茶店で、会った。

ビルの最上階にある喫茶店である。窓際に腰をかけると、新宿のネオンが、眼下に広がっている。

「父が、なぜ、あんなところで死んだのか、わかりますか?」

と、みや子は、十津川に、きいた。

「いや、わかりません」

と、十津川は、いってから、

「お父さんが、つき合っていた人のことは、わかりますか?」

と、きいた。

「よくしりませんわ」

「飯島という名前に、心当たりはありませんか?」

「父を殺した人なんですか?」

「いや、それは、まだ、わかりません」

十津川は、慎重に、いった。

「いいじま——」

と、みや子は、呟いている。だが、心当たりは、ないようだった。

みや子は、諦めて、首を振ってから、オメガのチタンでできた腕時計を、差し出した。

「これ、どうしても、父が買ったものとは、思えないんです。父は、時計は、時間がわかればいいいんだからと、いつも、いっていましたわ。こんな高価な腕時計を買うお金はありません。調べて下されば、父にくれた人が、わかるんじゃないかと、思うんですけど」

「私も、この腕時計には、違和感を、持っていたんです」

と、十津川は、いった。

高価なものだし、日本へ入っている量も、限られているだろう。それに、ナンバーも打ってあるから、この腕時計を、本当に買った人間が、見つかるかもしれない。

「しばらく預からして下さい」

と、十津川は、いった。

ただ、十津川は、表だって、動くわけにはいかない。

そこで、元自分の下で働いていた橋本《はしもと》に、頼むことにした。

現在、私立探偵のような仕事をしている男である。熱情に任せて、犯罪を犯して、警官をやめることになってしまったのだが、十津川は、その若さと、行動力を買っていた。

「君を、信頼して、この仕事を頼むんだ」

と、十津川は、いった。

正規の料金を払ってから、

「この腕時計を買った人物がわかったら、すぐ、私にしらせてほしい。私がいなかったら、カメさんでもいい。ただ、私と、カメさん以外には、絶対に、喋らないこと」

「わかりました」

と、橋本は、いってから、急に、子供っぽい表情を見せて、

「カメさんに、会いたいですね」

と、いった。

「彼も、そういっていたよ」

と、十津川も、微笑した。

翌日から、十津川も、亀井も、新しい事件の捜査に、取りかかった。

この巨大な街では、刑事が、のんびりしている時間は、めったにない。

今度は、三人組の強盗傷害事件だった。

下北沢《しもきたざわ》の二十四時間営業のスーパーに、三人組の男たちが、押し入り、二十一歳の店員に、全治三カ月の重傷を負わせた上、売上金十九万円を、強奪したのである。

このところ、深夜スーパーを襲う強盗事件が、頻発しているので、同一犯人の可能性もあった。

証言から見て、三人組は、いずれも、二十歳前後で、チンピラふうということだった。

聞き込みを続けていけば、この三人にいきつけるだろうと、十津川は、考えていた。新聞の報道は派手だったが、事件そのものとしては、簡単なのだ。

刑事たちが、聞き込みに走っている間、十津川は、捜査本部にいて、時々、鹿児島の小さな駅の景色を、思い出していた。

〈日本最南端の駅〉

と書かれた白い標柱が、鮮やかに、頭に、浮かんでくる。

加倉井刑事は、何のために、あんなところに、出かけたのだろうか？

三人組の輪郭《りんかく》が、少しずつ、わかってきた。

チンピラと思っていたのだが、それは違って、どうも、学生らしいというのである。

「ああいうスーパーの店員は、大学生のアルバイトが、多いですからね。よく、事情をしっているのかもしれません」

と、亀井が、いった。

三日目に、そのなかのひとりが、逮捕された。

N大の三年生で、二十歳の青年である。名前は、小杉要《こすぎかなめ》。

友人で、同じ大学三年生に、新たな、スーパー強盗を持ちかけたのだが、友人が怖くなって、一一〇番してきたのである。

逮捕された小杉は、意外に、子供っぽい顔をしていた。

簡単に、ほかの二人の名前を、自供した。

S大三年生の小玉信一《こだましんいち》、二十歳

K大三年生の今井徹《いまいとおる》、二十一歳

この二人である。

「なぜ、この二人と、もう一度、組まなかったんだ？」

と、十津川は、きいた。

小杉は、首をすくめて、

「今井は、どこかへ消えちまったし、小玉は、今、アメリカにいるんだよ」

「アメリカ？」

「あいつは、旅行好きでね。金を溜めたら、アメリカへいくって、いってたんだ。アパートにいないから、アメリカへいってるんだろう」

と、小杉は、いう。

十津川は、この二人を、追うことにした。

小玉が、実際に、海外へ出たのか、今井はどこに、消えたのかということである。

この捜査を進めている間に、橋本から、電話が入った。

十津川は、捜査本部近くにある下北沢の喫茶店で、橋本に会った。

「あの腕時計を買った人間が、わかりました」

と、橋本は、嬉しそうに、いった。

問題の腕時計は、日本橋《にほんばし》のTデパートで、売られたもので、保証書の写しが、保管されていたという。

「これが、買った人間の名前と、住所です」

と、橋本は、保証書の写しを、十津川に見せた。

住所は、世田谷区成城《せいじょう》のマンションで、名前は、浦中誠《うらなかまこと》だった。年齢は、三十六歳とある。

加倉井でないことは、一つの前進だったが、飯島でないことに、少しがっかりした。

十津川は、橋本に礼をいって、捜査本部に戻ると、浦中の住んでいるマンションに電話をかけてみた。

管理人が出た。

「そちらに、浦中誠という人が、住んでいますね？」

と、十津川は、きいた。

「ええ。二年前から、住んでいらっしゃいますよ」

「何をしている人ですか？」

「偉い先生の秘書をなさっているんです。ゆくゆくは、先生のように、なるんじゃありませんかね。きびきびした、元気のいい方だから」

「先生というと、政治家？」

「ええ。飯島先生ですよ。今、法務政務次官をやっている」

管理人は、その名前を、自分がしっていることが、誇らしげだった。

（飯島か――）

やっと、この名前が出てきたなと、思った。

ただ、十津川が、難しい顔になったのは、飯島が、警察畑の出身者だということを、思い出したからである。

聞き込みから帰ってきた亀井に、そのことを告げた。

「それで、上から、圧力が、かかりましたか」

と、亀井が、いう。

「加倉井さんは、この飯島代議士に頼まれて、西大山駅へいったのかもしれないな」

「飯島代議士に、直接会って、きいてみますか？」

「否定するに、決まってるさ。それに、つまらないことをするなと、本多課長に、叱られるだろう」

と、十津川は、いった。

それに、スーパー強盗傷害事件が解決しないと、動きが取れない。

西本刑事から、電話が入った。

「小玉信一が、殺されていました」

「本当か？」

「アパートの一階に住んでいるんですが、その床下に、埋められているのが、見つかったんです」

「殺されたのは、いつ頃かね？」

「二日ほど前だろうと、思われます。絞殺です」

「海外へは、逃げてなかったんだな」

「それと、六畳の部屋が、引っ掻き回されています」

「すぐいく」

と、十津川は、いった。

十津川は、亀井と、そのアパートに、駆けつけた。

部屋が荒されているということが、加倉井のマンションを、連想させたからだった。

六畳に、トイレと、台所がついた部屋である。

文字どおり、部屋のなかは、引っ搔き回されていた。

「何を、探したんだろう？」

十津川は、部屋のなかを、見回した。

机の引き出しは、ぶちまけられている。本棚も同じだった。

「これを見て下さい」

と、亀井が、転がっているカメラを、手に取って、十津川に見せた。

裏蓋が、開けてある。

「犯人が探したのは、フィルムか？」

「そう思います」

「しかし、死体を、丁寧に、埋めたのは、なぜなんだろう？」

「わかりませんが、小玉が死んだことを、しばらく、隠しておきたかったからだと思います。私も、小玉は、どこかへ逃げたと、最初は、思いましたから」

と、亀井が、いう。

「しばらく、生きていると、見せかけるためねえ」

十津川は、首をひねった。誰に、そう思わせる必要があるのか？

警察にか？　しかし、強盗犯として、追われている男である。死体で、放置しても、どういうことは、ないのではないか。

「もうひとりの今井を、見つければ、何か、わかるかもしれませんね」

と、亀井が、いった。

十津川は、すでに、逮捕されている小杉に会った。

「小玉が、殺されていたよ」

と、十津川がいうと、小杉は「あいつが？」と、驚きの表情になった。

「あいつは、俺たちのなかじゃ、一番、おとなしくて、まともだった。なぜ、殺されるんだ？」

「彼は、よく写真を撮《と》っていたらしいね？」

「旅行好きでね。カメラを持って、日本中を、旅行していたんだ。なかなかいい写真を撮ってたよ」

「最近、どこへいったか、彼は、いってなかったかね？」

「さあねえ。今井なら、しってるかもしれないな。今井も、旅行好きだからね」

「その今井が、消えてるんだ。本当に、どこにいるかしらないのか？」

「ああ、しってれば、奴を、もう一度誘って、仕事をしてるよ。奴は、すばしっこいからね」

「そんなにすばしっこいのか？」

「ああ、頭もいい。悪がしこいってやつかな」

と、小杉は、笑った。

十津川は、今井の友人や、親戚、知人たちのところにも、張り込みをさせた。

その一方、十津川は、鹿児島県警の伊東警部にも、電話をかけた。

「あの飯島さんですか」

と、伊東も、驚きの声をあげた。

「そういえば、飯島さんの選挙区は、鹿児島でしたね」

と、十津川は、いった。

「そうです。飯島さんが絡んでいるとすると、ちょっと、面倒ですね」

「どうしますか？」

「やりますよ。ここで、引き下がるわけにはいきません」

と、伊東は、いった。

「それをきいて、安心しました」

と、十津川は、いった。

7

加倉井刑事が、飯島に、何かを頼まれて、鹿児島へいき、西大山駅で、何者かに射殺されたのだろうという想像はついた。

だが、あくまでも、想像である。飯島に会っても、向こうは、否定するだろうし、それで、終わりになってしまう。

それだけではない。飯島は、理由もなく疑われたことを、怒り、圧力をかけてくるだろう。

(加倉井事件については、これ以上、押せないか)

と、考え出した時、妙な方向から、妙な報告が、入ってきた。

殺された小玉信一の件で、聞き込みをやっていた日下刑事からの報告だった。

「小玉信一のアパート近くに、一日中、駐まっていた車があるんです。白のソアラですが、車のナンバーから、持ち主の名前がわかりました。浦中誠です。住所は、成城のマンションです」

「浦中誠?」

ですが」

「そうか」

「そうです。それも、小玉が殺されたと思われる五月十八日にです」

「本当に、白いソアラが、小玉のアパートの近くに、駐まっていたんだね？」

「ご存じですか？」

「これから、この浦中という人物に会って、事件との関連を、調べていくつもりですが」

と、日下が、いうのへ、十津川は、

「それは、私がやるよ。浦中誠という名前に、ちょっと、心当たりがあるんだ」

と、いった。

十津川は、亀井を連れて、浦中に、会いにいくことにした。

「妙なところで、二つの事件が、交叉《こうさ》しましたね」

と、亀井が、途中の車のなかで、いった。

「考えたんだがね。小玉は、旅行好きで、カメラを持って、よく、旅に出ていた。鹿児島の西大山駅は、何もないところだ。あのあたりでなら、指宿や、枕崎のほうが面白いと、たいていの観光客は、そっちへいくと思うね。だが、あそこには〈日本最南端の駅〉の標識が立っていた。旅行好きの小玉は、それに引かれて、あの駅で降りたんじゃないかな」

「そして、加倉井さんが、射殺されるのを、目撃したということになりますか？」

「あるいは、写真に撮ったのかもしれない。小玉の部屋には、望遠レンズもあったからね」

「それで、小玉を殺した犯人は、カメラのなかまで開けて、フィルムを、探したことになりますね」

「ああ、そうだ」

と、十津川は、うなずいた。

成城のマンションに着くと、浦中は、部屋にいた。

十一階の最上階の部屋である。三十六歳と若いが、長身で、自信にあふれた顔をしている。

「五月十八日に、どこにおられたか、教えていただけませんか？」

と、十津川が、切り出すと、浦中は、眉をひそめて、

「それは、何ですか？　僕が、何かの事件の容疑者に、なっているわけですか？」

「私たちは、四谷三丁目のアパートで殺された大学生の事件を追っています。殺されたのは、小玉信一という青年です」

「そんな名前の男は、しりませんよ」

「それなら、十八日に、どこにおられたか、教えて下さい」

「十八日ですか」

と、浦中は、ポケットから取り出した手帳を広げて、見ていたが、

「飯島先生のお供で、朝から、仙台《せんだい》へいっていますよ。帰宅したのは、深夜の十一時になってからです」

「仙台で、誰かに、会われましたか？」

「いや、僕は、東北新幹線の切符の手配をしたり、車内で、先生の談話を筆記したりしていましたから、誰にも、会っていません。先生は、向こうで、地元の有力者と、お会いになっていますが」

「白いソアラをお持ちですね？」

「ええ。持っていますが」

「そのソアラが、五月十八日に、朝から夕方まで、殺人事件のあったアパートの近くに、駐まっていたという証言があるんですよ」

「白いソアラは、何台も走っているでしょう」

「しかし、目撃者は、その車のナンバーも、覚えているんです。あなたの車のナ

ンバーです」

「たぶん、その人が、勘違いしたんだと思いますねえ。僕は、仙台へいっていたんですから」

と、浦中は、いった。

「加倉井という刑事を、しっていますか？」

十津川は、急に、話題を変えた。

「いや、しりませんが」

「では、この腕時計は、いかがですか？」

十津川は、みや子から預かったオメガの腕時計を見せた。

浦中は、ちょっと、手に取ってから、

「いい時計だが、これが、どうかしましたか？」

「あなたが、日本橋のデパートで、買われたものですよ」

「まさか。買ったものなら、僕が、持っているはずでしょう？」

浦中は、目を忙《せわ》しなさそうに動かしながら、十津川に、いった。

「殺された加倉井という刑事が、腕にはめていたんですよ」

「しかし、同じものは、いくらもありますよ」

「ナンバーがついています。このナンバーのものは、日本橋のデパートが、あなたに、売っています。伝票もあるんですよ」

「おかしな話ですね。僕には、覚えがないんだが」

「それでは、このデパートの人間に、会ってもらえますか？」

「まるで、僕を、犯人扱いだな。僕は、加倉井とかいう刑事とは、一面識も、ありませんよ。それとも、僕が、その刑事と関係があるという証拠でもあるんですか？」

浦中は、むっとした顔で、十津川に、いった。

「旅行は、お好きですか？」

「よく、話を変えるんですね」

「いかがですか？」

「嫌いじゃありませんよ。最近は、仕事の旅が多くなりましたが」

「九州《きゅうしゅう》にいかれたことは、ありませんか？　鹿児島にですが」

「いや、いっていませんね」

と、言下に、浦中は、否定した。

「とにかく、この腕時計を、買われたあと、どうされたのか、思い出してほしいですね」

と、十津川は、いい、亀井を促して、立ちあがった。

8

「あの男は、嘘をついていますよ」

と、亀井がいった。

「わかってるよ」

と、十津川が、笑った。

「鹿児島へいったことがないというのも嘘だ。鹿児島は、飯島の選挙区だ。秘書の彼が、いっていないはずがないさ」

「嘘だらけですよ」

「私が、気になったのは、オメガの腕時計のことさ。浦中は、やたらに、目を動かして、考えていた。しらないと否定しながらね」

「何を考えていたんですかね？」

「彼が、加倉井刑事に、プレゼントしたものなら、前もって、いいわけを考えていたはずだ。となると、買ったのは、あの男だが、加倉井刑事にプレゼントしたのは、別の人間ということになる」

「飯島ですか？」

「そんなところだね。浦中は、デパートで、あの腕時計を買い、ご機嫌取りに、飯島に、贈った。飯島は、それを、今度、加倉井刑事に渡した。浦中は、その間の経緯《いきさつ》を、しらなかったんだろう。だから、一所懸命、あれこれ考えていたんだと思うね。へたなことをいって、飯島を、窮地に立たせては、まずいと、考えてだろうな」

と、十津川は、いった。

「これから、どうしますか？　今の段階で、飯島に、直接会っても、はね返されるだけでしょう」

「浦中は、慌てているから、動き出すかもしれん。それから、逃げている今井徹という青年を、早く見つけたいな」

「今井も、両方の事件に、関係していると、思われますか？」

「わからないが、可能性はあるよ。殺された小玉が、西大山駅で、事件を、目撃していたとして、それを、仲間の今井に、喋っているかもしれないからだ」

「なるほど」

「犯人は、小玉を殺してわざわざ、死体を埋めて、隠している。まだ、死んでいないことにして、仲間の今井を安心させ、おびき寄せて、殺す気だったのかもしれないんだ」

と、十津川は、いった。

二人が、覆面パトカーに、戻った時、浦中が、白いソアラで、出かけるのが見えた。

「もう、動き出したぞ」

と、十津川が、にやりとした。

亀井が、運転して、浦中のソアラを、尾行することにした。

浦中のソアラは、議員宿舎の前で、停まった。

「飯島に、会いにきたんですね」

と、亀井が、いった。

「彼の指示を受けにきたんだろう。オメガの腕時計のことを、ききにきたのかもしれない」

と、十津川は、いった。

一時間ほどして、浦中は、出てくると、また、ソアラで、走り出した。

「今度は、どこへいくんですかね？」

「成城へ帰るのでは、ないらしいな」

と、十津川は、いった。

時刻は、午後六時を回ったところだった。

浦中のソアラは、四ツ谷駅近くの小料理屋の前に駐まり、浦中は、車から降りて、店へ入っていった。

「夕食をとるんでしょうか？」

「かもしれないな。しばらく、張ってみよう」

と、十津川は、いった。

七時になると、周囲は、暗くなってくる。人影が出てきて、ソアラに乗りこんで、新宿に向かって、走り出した。

亀井が、それを追いかけて、車をスタートさせたが、少し走ったところで、

「停めてくれ」

と、十津川が、急にいった。

「どうされたんですか？」

「乗ってるのは、浦中じゃないよ」

「え？」

「考えてみたまえ。わざわざ、議員宿舎までいって、飯島の指示を受けた浦中が、のんびり、四谷で夕食をとって、帰宅するはずがないじゃないか。すぐ、あの店に、引き返してくれ」

と、十津川は、いった。

小料理屋に戻ると、十津川は、亀井と、ずかずか、店のなかに入っていった。そんなことまでして、浦中が動くからには、何かあるのだ。その思いが、十津川の行動を、荒っぽいものにしていた。

驚いて、店の女将《おかみ》が出てきた。

「浦中さんは、どこだね？」

と、十津川が、きいた。

「もう、お帰りになりましたよ」

「嘘をいって、殺人の共犯になりたいのかね？」

「そんな――」

「正直にいってくれないと、本当に、逮捕するよ」

と、十津川は、脅した。

女将の顔色が、変わった。

「うちの息子に、車を戻しておいてくれとおっしゃって、四ツ谷駅から、電車に乗られましたよ」

「それで、どこへいったのかね？」

「飛行機で、九州へいくと、おっしゃってましたよ」

「九州か」

もう、鹿児島へいく飛行機はないはずである。あるとすれば、福岡までの便である。

「何しにいったか、しらないかね？」

「何も、おっしゃいませんでしたから」

本当に、しらない様子だった。

「また九州ですか？」

と、亀井が、いった。

「今からでは、追っかけても、間に合わないな」

十津川は、歯嚙みをした。

急いで、捜査本部に戻ると、すぐ、鹿児島県警の伊東警部に、連絡して、浦中が、九州に向かったことを告げた。

「飯島代議士の秘書ですから、何か、やるつもりかもしれません」

と、いい、浦中の顔の特徴を、いった。

その電話を切ったあとで、今度は、外から、電話が入った。

「助けてくれ！」

と、若い男の声が、いった。

必死な叫びに、きこえた。

「君の名前は？」

と、十津川が、きいた。

「今井です。今井徹――」

「今井徹だって？」

思わず、十津川の声が、大きくなった。亀井が、目を大きくして、こちらを見た。

「怖いんだよ、助けてくれ」

「今、どこだ？」

「三鷹《みたか》駅の近くの公衆電話です」

「すぐ迎えにいく」

と、十津川は、いった。

十津川と、亀井が、パトカーのサイレンを鳴らして、下北沢から、三鷹に向かって、突っ走った。

三鷹に着いたのは、午後十時をすぎていた。駅の近くの公衆電話ボックスのなかで、二十一歳の若者が、しゃがみこんでいた。

今井は、捜査本部に、連れてきても、しばらくは、蒼い顔で、震えていた。

十津川は、彼に、あたたかいコーヒーを飲ませ、ラーメンも、取ってやった。

「俺は、逮捕されるんだろう？」

と、今井は、コーヒーを飲んでから、十津川に、きいた。

「スーパーを襲ったんだからね。しかし、警察に協力すれば、情状酌量される」

「それ、小玉が、殺された件？」

「そうだ」

「俺、小玉の部屋へいって、危うく、殺されかけたんだ」

「誰に？」

「いきなり、後ろから殴られたから、わからないよ。奴のことが、心配だから、見にいったんだ。そしたら、やられたんだ。必死で逃げたよ。この時、小玉は、もう殺されて、床下に、埋められてたんだ」

「自分が狙われる理由は、しっているかね？」

「たぶん、小玉が、西大山駅で撮った写真のことさ。奴は、あの駅に興味を持って、撮りにいったんだ。朝から、近くの茂みに隠れて、望遠レンズで、十分ごとに、シャッターを切るんだよ。『ある小駅の一日』という題でね」

「それに、殺人事件が、写ってしまったというわけかね？」

「そういってた。中年の男が、アタッシェケースを提げて、ホームに立っていたんだ。それに狙いをつけて、撮っていたら、いきなり、もうひとりの男に、撃たれたと、いっていた」

「やっぱりね」

「小玉は、怖くなって、外国へ逃げるといってたんだ。その旅費ほしさに、スーパーをやったんだ」

「君は、その写真を見たのか？」

「もらって、持ってるよ。小玉は、俺が殺されたら、その写真が、原因だっていって、三枚だけ、焼き増ししてくれたんだ」

今井は、内ポケットから、その三枚の写真を出して、十津川に渡した。

西大山駅のホームに立っている加倉井刑事が、近づいてくる男に向かって、手をあげているのが、一枚。男は、後ろ姿である。

二枚目は、加倉井が、ホームに倒れている。男は、依然として、後ろ姿である。

三枚目になって、男の横顔が見えた。立ち去るところらしい。

浦中でも、飯島でもなかった。

「小玉信一は、ほかに、なにかいってなかったかね?」

と、亀井が、きいた。

「早く、小玉を殺した犯人を捕まえて下さい」

と、今井は、あとは、何をきいても、怯えたように、いうだけだった。

9

写真三枚は、すぐ、鹿児島県警の伊東警部に、ファックスで、送った。

「問題は、この犯人が、何者かということと、飯島や、浦中との関係ですね」

と、亀井が、いう。

「気になるのは、加倉井さんが、犯人に対して、手をあげて、笑顔で、迎えている点だよ。加倉井さんは、飯島に頼まれて、この犯人に、会いにいったんだろう。だが、いきなり、撃ってくるとは、ぜんぜん、思っていなかったらしいね」

「頼んだ飯島が、安全な仕事だと、いったんじゃありませんか？」

「かもしれないな」

と、いいながら、十津川は、浦中のことを考えていた。

（あの男は、何しに、九州に飛んだのだろう？）

翌日の夜になって、鹿児島県警の伊東から電話が入った。

「申しわけありません！」

と、伊東は、いきなり、大声で、いった。

「どうされたんです？」

「昨日、ファックスで送っていただいた犯人の男ですが、殺されてしまいました」

「加倉井刑事を撃った男ですか？」

「そうです。桜島で、殺されているのが発見されました。たぶん、犯人に呼び出されたんだと、思いますね」

「何者か、わかりますか？」

「それを、今、調べているところです。背広のネームには『足立《あだち》』と、ありました」

「身元が、わかり次第、教えて下さい」

と、十津川は、頼んだ。

その日は、伊東から、連絡はなかった。

次の電話が入ったのは、次の日の昼頃である。

「身元が、わかりました。足立良行《よしゆき》、二十九歳。鹿児島市内に住む、理髪店員です。まだ独身ですが、彼のマンションの部屋から、例のアタッシェケースが、見つかりました。加倉井刑事から奪ったと思われるアタッシェケースです。なかに七百五十万円の札束が入っていました。しかし、アタッシェケースの大きさから見て、二千万円くらいは、入っていたと思いますよ」

「飯島との関係は、わかりませんか？」

「これといった関係は見つかりませんが、飯島の選挙事務所で、働いていたことがあります」

「働き具合は、どんなだったんですかね？」

「その時の選挙事務長に会って、きいたところ、なかなか、素早く動いて、役に立ったといっています」

「浦中の動きは、わかりましたか？」

「いや、残念ですが、わかりません。必死で捜しているんですが。もし、聞き込みで、浦中らしい男が、浮かんできたら、すぐ、しらせます」

と、伊東は、いった。

（加倉井刑事を殺した男が死んだか――）

十津川の頭のなかで、一つの図式が、できあがりつつあった。

加倉井刑事は、飯島に頼まれて、おそらく、二千万円くらい入ったアタッシェケースを持って、西大山駅へいった。

それは、西大山駅に現れる男に渡してくれと頼まれたのだろう。その時、飯島は、自分のはめていたオメガの腕時計を、加倉井に、贈った。会った時、加倉井の腕時計が、故障していたのかもしれない。

この仕事をすませたら、礼金を、振り込むといわれて、加倉井は、星野一郎名義の口座を作ったものと思われる。

几帳面な加倉井は、鹿児島に着くと、飯島に電話した。が、内密にやってくれといわれたから、部屋からではなく、ロビーから、電話したのだろう。

そして、西大山駅に、いった。約束の場所に、相手が、現れた。危険な相手ではない、金を渡すだけでいいといわれていたので、加倉井は、笑顔で迎えた。しかし、相手は、いきなり、加倉井を撃ち、金を奪って、逃走した。

これが、十津川の考えたストーリーである。

たまたま、それを、旅行好きの小玉信一が、望遠レンズで、写していたので、新しい殺人事件が、起きてしまった。

(だが、なぜ、犯人の足立良行は、桜島に呼び出されて、殺されてしまったのだろうか?)

そこが、十津川には、よく、わからないのだ。

飯島は、足立良行に、強請られていたから、加倉井に頼んで、金を、持っていってもらったのか?

最初から、相手を殺す気なら、そんなことはしないだろう。

それなのに、飯島は、足立を、殺してしまった。

(なぜなのか?)
また強請られたから、怒って、殺してしまったのか?
殺したのは、たぶん、浦中だろう。
(浦中が帰ってきたら、徹底的に、詰問してみるか?)
と、考えていた時、十津川は、急に、本多一課長に、呼ばれた。
課長室にいくと、さらに、三上刑事部長室に、連れていかれた。
そこに、男がひとりいた。飯島だと、すぐ、わかった。
(こちらの機先を制しにきたのか?)
と、思ったが、違っていた。
飯島は、自己紹介をしてから、十津川に向かって、
「君が、私や、私の秘書の浦中のことを、調べているのは、しっているよ」
と、いった。
「誠に、申しわけありません」
と、三上が、頭をさげた。
飯島は、手を振って、
「いや、構わんさ。職務に忠実であることは、いいことだ。ただ、間違った捜査

を進められては困るので、今日は、十津川君に、真相を話しにきたんだよ」

「ぜひ、おきかせ下さい」

「君も、察しがついていると思うが、私は、こちらの加倉井刑事に、あることを、頼んだ。もちろん、休みの時に、やってもらえばいいと、いってね」

「鹿児島へいく仕事ですか？」

「そうだ。私の選挙区は、鹿児島だが、最近、こんな脅迫状が、くるようになったんだよ」

飯島は、一通の手紙を、十津川に見せた。

「拝見します」

と、断ってから、十津川は、中身を取り出した。

〈あなたの浮気の結果、生まれた女の子が、今ネオン街で働き、あなたを、恨んでいる。次の選挙の時、この事実を、大々的に、宣伝し、絶対に、落選させてやる。そうされたくなかったら、二千万円用意しろ。次の指示は、追って、しらせる。

選挙の鬼〉

「これは、事実なんですか？」

と、十津川は、きいた。

飯島は、頭をかいて、

「二十年ほど前、クラブのママと、いい仲になったことがあってね。女の子が生まれたときいたんだが、その娘も、母親も、行方が、わからんのだ。だから、この手紙の内容は、本当かもしれないし、嘘かもしれない。しかし、私の選挙にとって、マイナスになることは、間違いない」

「それで、加倉井刑事に、頼まれたんですか？」

「ちょっと、しっていたのでね。まさか、こんなことになるとは、思わなかった。ただ、相手に、二千万円を渡してくれればいいと、考えていたからだよ」

「加倉井刑事に、オメガの腕時計を渡されたんですか？」

「ああ、彼の腕時計の調子が悪いというのでね」

「加倉井さんは、星野一郎という銀行口座を作っていましたが、あれも、何か、関係があるんじゃありませんか？」

「ああ、そうなんだ。加倉井君が、ちゃんと、二千万円を渡してきてくれたら、お礼をするつもりだといったら、星野一郎という口座を作っておくから、そこへ入金して下さいと、いったんだよ」

と、飯島は、いったあと、内ポケットから、五百万円の小切手を取り出した。

「私は五百万円払うつもりだった。だから、これを、君から、加倉井刑事の遺族に、渡してくれないかね」

「十津川君、そうして差しあげなさい」

と、三上刑事部長が、いった。

十津川は、その小切手を、受け取ってから、飯島に、

「秘書の浦中さんに、お会いしたいんですが、今、どこですか？」

「浦中か。彼には、アメリカに、貿易摩擦の件で、取材に、いってもらったよ。一時間ほど前に、成田《なりた》を、発ったはずだ」

飯島は、腕時計に、目をやって、いった。

十津川の顔が、歪んだ。

明らかに、浦中を、逃がしたのだ。

十津川は、考えこんでしまった。

10

それから、二日間、十津川は、ひとりで、考え、調べてみた。

亀井を、誘わなかったのは、三上刑事部長が、飯島さんの件は、もう、了《おわ》ったことだから、二度と、近づくなと、厳命していたからである。へたをして、亀井まで、巻きこみたくなかったのだ。

十津川は、みや子にも、加倉井のわかれた妻にも会って、亡《な》くなった加倉井について、きいた。

加倉井の関係した事件の記録も、調べた。特に、彼が一匹狼的に、捜査した事件の記録は、念入りに、目を通した。

その間、ほとんど、寝なかったといっていい。

三日目の朝になって、やっと、眠った。

心配して、十津川の家にやってきた亀井に、初めて、自分の調べたことを、話した。

亀井は、黙って、きいていたが、きき終えると、

「それで、どうします？」

と、十津川に、きいた。

「どうしたら、いいと、思うね？」

十津川が、きき返すと、亀井は、にっと笑って、

「どうするか、もう決めているんじゃありませんか？」

「一緒に、いってくれるかね？」

「もちろん、ご一緒しますよ」

と、亀井は、いった。

二人は、議員宿舎に、飯島を、訪ねた。

飯島は、二人を、なかへ通したものの、

「もう、あの話は、終わったはずだよ」

と、いった。

「それが、どう考えても、終わっていないんです」

十津川は、まっすぐ、飯島を見つめて、いった。

飯島は、生意気なという顔で、

「どういうことだね？　それは」

「私たちは、今度の事件を、構成し直してみたんです」

「よく、意味が、わからんが」

「ここに、優秀だが、少し偏屈な刑事がいます。名前は、加倉井です」

「小説だろ、君の書いたものを、あとで、読ませてもらうよ」

「これは、事実です」

「事実は、この前、私が、話したよ」

「では、もう一つの事実と、いっても、構いません。ぜひ、きいて下さい」

と、十津川は、いった。

その語調に、押されたように、飯島は、

「まあ、話すだけ、話してみたまえ」

と、いった。

「加倉井刑事は、自分で、気づかずに、あなたの秘密を、覗いてしまったんです。あなたにしてみれば、それが、気になって、仕方がない。命取りになりかねないからです。そこで、あなたは、口実をつけて、加倉井刑事を、殺してしまうことを、考えたのです」

「——」

「あなたは、加倉井刑事を呼んで、仕事を、頼みます。偽《にせ》の強請りの手紙を見せ、自分に代わって、二千万円を、相手に渡してきてくれという仕事です。警察の先輩に、頼まれれば、いやとは、いえません」

「――」

「一方、あなたは、鹿児島にいる足立良行という男に、拳銃を渡し、西大山駅で、加倉井を殺してくれと頼みます。足立は、強請り犯なんかじゃない。たぶん、あなたの崇拝者なんじゃありませんか。選挙の時、あなたのために、懸命に働いたそうですからね。例の強請りの手紙も、あなたが、足立に書かせたものだと、思いますすね。何もしらない加倉井刑事は、内密に処理してくれといわれて、誰にも話さず、九州に向かいました。あなたの言葉を信じ、忠実に行動したんです。そして、約束の時刻に、西大山駅のホームで、待ちました。そこへ、足立が現れる。金を渡せばいいといわれている加倉井刑事は、にっこり笑いかけました。しかし、最初から、殺すようにいわれていた足立は、容赦なく、加倉井刑事を、撃ったんです」

「嘘をつくな」

「最後まで、きくと、おっしゃったはずですよ。足立は、加倉井さんを殺し、二千万円入りのアタッシェケースを、持ち去りました。たぶん、二千万円が、足立に約束された殺しの報酬だったんだと思います。この時で、終われば、あなたの計画は、完全に、成功していたはずなのです。休暇を取った刑事が、なぜか、九州の小さな駅で、射殺された。妙な事件だが、動機も、犯人も、不明で終わっていたに違いありません。しかし、二つのミスが、あなたにとって、困った情況をつくってしまったのです。一つは、腕時計です。あなたは、自分が贈った腕時計から、自分のところまで、捜査が伸びてくるとは、思わず、高を括っていたんじゃありませんか。それとも、足立に、腕時計も奪っておけといったのに、向こうが、忘れてしまったんですか？　もう一つは、西大山の駅を、舞台に、選んだことです。無人駅で、めったに、人の降りない駅だと考えて、選んだんでしょうが、日本最南端の駅で、マニアには、よくしられた駅だったんです。マニアの小玉信一が、たまたま、望遠レンズで、撮っていて、殺人の現場を目撃してしまったのです。そのため、あなたは、浦中に、小玉まで殺させ、結局、足立まで、心配になって、殺させたのです」

「面白い話だが、肝心の点が、はっきりしないじゃないか」

「あなたが、加倉井刑事を、殺す動機ですか？」

「そうだ。私は、加倉井君に、何の恨みもなかったんだよ」

「その点を、私は、必死で、調べてみましたよ。そして見つけました。一年前、ある殺人事件があり、加倉井刑事も、その捜査に加わっていました。捜査は、二つにわかれ、加倉井刑事は、本橋真一郎《もとはししんいちろう》という弁護士を、犯人とみて、追いかけたんです。この本橋というのは、六十歳で、鹿児島の生まれです。表面は、一応、優秀な弁護士ですが、調べていくと、胡散臭い面が、どんどん出てくるのです。いわゆる悪徳弁護士の正体が、わかってきたわけですよ。それで、加倉井刑事は、この男を、執拗に、追いかけたのです。しかし、この事件では犯人は別人で、加倉井刑事は、ミスを犯したわけです」

「それが、どうかしたのかね？」

「あなたは昔、この悪徳弁護士と組んで、いろいろと、仕事をなさったんじゃありませんか？」

と、十津川は、いった。

飯島の顔が、赤くなった。

「馬鹿なことをいうな！」

と、怒鳴った。

「これから、私は、加倉井刑事のあとを引き継いで、本橋弁護士のことを、徹底的に、調べてみるつもりです。特に、鹿児島時代のことをです。あなたの名前が、出てくると、思っていますよ。いや、加倉井刑事が、調べた範囲でも、すでに、あなたの名前が、出てくるんです。あなたは、当時、福岡県警にいた。だが、裏の金がほしくて、青木利一《あおきとしかず》という偽名を使って、本橋と一緒に、働いていたんじゃありませんか。加倉井さんの調べたメモに、青木利一という名前があって、そこに『興味ある人物、調査の必要あり』と、書きこんであるんですよ」

「――」

「では、これから失礼して、福岡にいき、この男のことを、調べてみます」

十津川が、いって、亀井と一緒に、立ちあがると、飯島は、ふいに、部屋の隅にある本棚のところに走り寄り、引き出しから、拳銃を取り出した。

「動くんじゃない！」

と、飯島は、目を血走らせて、怒鳴った。

十津川は、冷ややかに、飯島を、見返した。

「それで、どうなさるんですか？」

「君たちを殺す」

と、飯島は、いった。

「それは、できませんよ」

と、十津川は、いった。

「殺すさ」

「いいですか。たったひとりの加倉井刑事を殺しただけで、私たちに、追いつめられてしまったのですよ。それを、考えてごらんなさい。三人も殺して、逃げられると、思うのですか?」

と、十津川は、いった。

殺意の「函館本線」

1

受話器を取った西本刑事が、にやっと笑って、

「警部。奥さんからお電話です」

「しようのない奴だな。ここには、電話するなといってあるのに」

十津川は、わざと、舌打ちしてみせてから、受話器を受け取った。

「あなた。これから、北海道《ほっかいどう》へいってきます」

と、妻の直子《なおこ》が、いきなりいった。

「北海道へ、何しにいくんだ？」

「川島《かわしま》さんを覚えていらっしゃるでしょう？　川島正《ただし》さん」

「ああ、覚えてるよ」

十津川は、うなずいた。

川島正は、今年の三月、定年退職した刑事である。平《ひら》刑事のままだったが、十津川の先輩でもあり、捜査一課の生き字引のような存在だった。

「川島さんが、どうかしたのか？」

「今、川島さんの奥さんから電話があってね。川島さんが、亡《な》くなったんですって。それも、北海道で、殺されたということなの。ひとりでは心細いので、一緒にいってほしいとおっしゃってるから、これから、奥さんと羽田《はねだ》へいって、千歳《ちとせ》行の飛行機に乗るつもりなの。函館《はこだて》行が満席なので……」

「それ、本当なのか？」

「ええ。北海道の警察から、電話でしらせてきたんですって」

「詳しいことは、わからないのか？」

「ええ。何でも函館の近くで、亡くなったそうで、函館警察署へきてほしいという電話だったらしいの。ああ、タクシーがきたから、もう出かけるわ」

直子は電話を切った。

十津川は、しばらく、呆然としていた。

彼が、警視庁へ入ったとき、川島は捜査課の刑事として、働いていた。昇進するチャンスは、いくらもあったのに、川島は、頑固に、平刑事で通した。

昔気質で、融通がきかないところもあったが、仕事熱心だったから、誰もが、一目置いていた。

警視総監賞を、何回も受けている。ときには、彼の頑固さのせいで、犯人逮捕に失敗したこともあったし、容疑者を痛めつけて、告訴されたこともある。しかし、十津川が、彼を好きだったのは、彼が、正直だったからである。嘘をつくことの嫌いな男だった。容疑者を殴ったら、殴ったといった。もちろんそのために、かえって、ごたごたを起こしたこともあるが、すべて、彼の生真面目さのせいだと思うから、十津川は、文句をいわなかったし、川島を尊敬していた。

今年、その川島が、定年退職した。

〈警視庁の名物刑事がやめた。記者団と、喧嘩したこともあったが、正直で、優秀な刑事だったことは、皆が認めている。第二の人生でも、ひたむきに頑張ってほしい〉

と、警視庁づめの記者が、新聞に書いたものだった。

川島は、今年の三月に退職したあと、一年間、ゆっくり休み、それから、身の振り方を考えるといっていたのである。まだ、やめてから八カ月しか経《た》っていなかった。

「川島さんが、死んだよ」

と、十津川は、亀井にいった。

「本当ですか?」

亀井の顔色も変わった。

「ああ。函館の近くで、殺されたらしい」

「なぜ、そんなところで、殺されたんですか? 今頃、奥さんと、温泉へでもいって、のんびりしていると思ってたんですが」

2

十津川は、函館署に電話をかけてみた。

電話口に、山口という署長が出た。

「川島正さんのことなら、私が、承知しています。今朝早く、函館本線の線路際《ぎわ》で、死んでいたのが発見されました。函館の近くに、渡島大野《おしまおおの》という駅がありますが、その駅から、五百メートルほど離れた地点です」

「殺人事件ということでしたが?」

「そのとおりです。最初は、路線際を歩いていて、通過する列車に、はねられたのではないかと考えました。骨折箇所が、いくつかあったからです。しかし、よく調べると、首を絞められた跡がありましたので、他殺と断定しました。身元は、持っていた運転免許証でわかりました。さっそく、電話番号を調べて、東京の家族の方に連絡したのですが、そのとき、警視庁を、今年、定年退職された方とわかりました」

「それで、私も、驚いているところです」

「そうでしょうな。心から、お悔やみ申しあげます」

「なぜ、川島さんは、そんなところで、死んでいたんでしょうか？」

「それを、今、調べているんですが、まだ、わかりません。財布が失《な》くなっているところをみると、物盗りの犯行のようにも思えますが、これも、断定は、できません。それから、ポケットに、上りの特急『おおとり』の切符が入っていました。昨日十二月二日の切符です。区間は、千歳空港駅から、函館までです」

「特急『おおとり』ですか？」

「そうです。網走《あばしり》と、函館の間を走る特急列車で、千歳空港駅発が、一五時四〇分で、函館着が、一九時二四分です。死体が発見された地点は、函館の手前十八キロほどのところです。切符をそのまま持っていたことを考えますと、上りの特急『おおとり』に、千歳空港駅から乗り、函館の手前で、列車から、突き落とされたものと考えられます。車中で、何者かに、首を絞められたうえでです」

「そうですか」

「何か、函館にご用があって、昨日、こられたんだと思いますが、どんな用だったかわかりませんか？　それがわかれば、捜査の参考になると思いますが」

「残念ですが、われわれにも、わからないのです。川島さんが、退職されてか

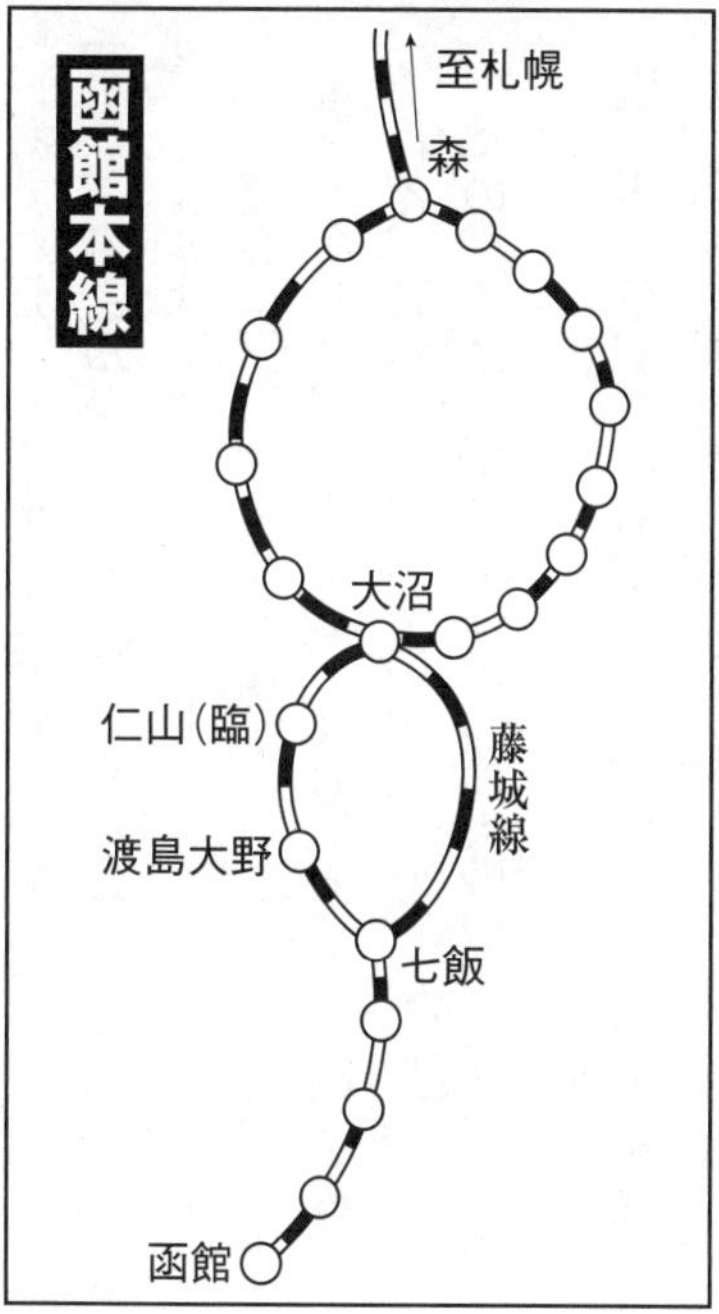

ら、あまり会っていませんでしたのでね」

「では、奥さんが、こちらにこられたら、きいてみましょう。何かわかり次第、連絡しますよ」

と、署長は、いってくれた。

電話を切ると、十津川は、北海道南部の地図を広げてみた。

それと、時刻表の索引地図を並べた。

署長の話では、函館本線の渡島大野駅の近くで、川島の死体が見つかったという。

函館本線は、その駅の近くで、奇妙なルートを見せていた。

面白い8の字を描いているのだ。

問題は、下の小さな円のほうだろう。

十津川は、函館本線のことを書いた本を、図書室で見つけてきて、読んでみた。

それによると、七飯《ななえ》－大沼《おおぬま》間について、次のように、説明してあった。

七飯と大沼の間は、最初は、左側の渡島大野経由の線しかなかった。

しかし、この区間は、一〇〇〇分の二〇という勾配《こうばい》で、下り線は、スピードが落ちる。

そこで、輸送力増強のために、右側の迂回《うかい》線を作った。完成したのが昭和四十一年である。

こちらのほうが、勾配が小さいため、函館発札幌《さっぽろ》方面行の下り列車は、こちらの線（藤城《ふじしろ》線と呼ばれている）を走るようになり、上り線は、左の在来線を、走ることになった。

これが、説明だった。

川島が、上りの特急「おおとり」に乗って、函館に向かっていたとすれば、その列車は、上りだから、左側の在来線を走っていたはずである。

したがって渡島大野駅の近くの線路際で、死体で見つかり、しかも、上りの特急「おおとり」の切符を持っていたとすれば、その列車のなかで殺され、列車から突き落とされたと考えるのが、自然だろう。

次に、十津川は、上りの特急「おおとり」の時刻表を調べてみた。

特急「おおとり」は、網走―函館間を走る列車である。

この列車が、千歳空港駅を出発するのは、函館署署長のいうとおり、一五時四〇分で、それから、函館までは、次のようになっている。

千歳空港《ちとせくうこう》発　15：40

↓

苫小牧《とまこまい》発　16：01

↓

登別《のぼりべつ》発　16：30

↓

東室蘭《ひがしむろらん》発　16：46

↓

洞爺《とうや》発　17：14

↓

長万部《おしやまんべ》発　17：48

↓

函館《はこだて》着　19：24

森《もり》駅にも大沼駅にも七飯駅にも特急「おおとり」は、停車しない。

この列車が、渡島大野駅近くを通過するのは、たぶん、一九時七、八分頃だろう。

だが、時刻表を置くと、十津川は、また、考えこんでしまった。

依然として、川島が、なぜ、そんなところで、殺されたのか、見当がつかなかったからである。

3

夜になって、帰宅した十津川に、妻の直子から、電話がかかってきた。

「間違いなく、川島さんは、殺されたんだわ。首のところに、はっきりと、絞めた跡があるの」

と、直子が、いった。

「それは、さっき、函館署署長にきいたよ。ポケットに、上りの特急『おおとり』の切符が入っていたようだね」

「ええ。グリーン車の切符よ。千歳空港駅から、函館までの切符なの」

「川島さんは、なぜ、昨日、函館へいこうとしたんだろう？　奥さんは、何かいってなかったか？」

「きいてみたわ。でも、奥さんも、しらないらしいの。ただ、川島さんは、昨日、急に、北海道へいってくるといって、出かけたみたいね。一三時五五分の羽田発のJALで、千歳へいったと、奥さんはいったわ」

「その便だと、千歳着は、と――」

「一五時二〇分よ。時刻表で見たわ。空港から、国鉄の駅までは、十二、三分でいけるわ、連絡橋を使えば。だから、この便で、千歳空港へ着けば、一五時四〇分発の上り特急『おおとり』には、乗れるわ」

「よく調べたね」

「気になったから、時刻表で、調べてみたのよ。でも、川島さんが、何のために、誰に会いにきて、誰になぜ、殺されたか、まったく、わからないわ」

「署長の話だと、列車から、突き落とされたんだろうということだったが」

「ええ、私も、そうききました」

「君の感想はどうだ？」

「今日、私と、川島さんの奥さんとは、千歳空港駅から、特急『おおぞら2号』で、函館へきたの。ディーゼル特急なんだけど、窓が開かないのよ。『おおとり』も同じ車両だから、窓は開かないんじゃないかしら。そうだとすると、犯人は、走っている列車から、どうやって、川島さんを、突き落としたのか、わからなくなってしまうわ」

「そうか、特急の窓は、開かないのか」

「ええ」

「その点は、函館署は、どう考えているんだろう？」

「わからないわ」

「川島さんの遺体は、司法解剖することになるんだろうね？　殺人事件だからな」

「ええ。奥さんが了解したので、今日中に、大学病院で、司法解剖するみたい」

「君は、いつ、帰ってくるんだ？」

「奥さんは、司法解剖がすんだあと、こちらで、荼毘《だび》に付して、遺骨を持って帰ると、おっしゃっているから、私も、それまで、こちらにいるつもり」

「そうか。奥さんを、なぐさめてあげてくれ」

電話が切れたあと、十津川は、座椅子に背をもたせかけ、じっと考えこんだ。

川島のことが、あれこれ、思い出されて仕方がない。

上司の十津川に対しても、ずけずけと、注文をつけたり、批判したりもした。普通なら、腹が立つのだが、川島に限って、そうならなかったのは、彼が、誠実な人間だったからだし、何事にも、一生懸命で、そのためだとわかっていたからである。

ベテランの刑事は、若い新人と組むのをいやがることが多いが、川島は、逆で、若い刑事と、コンビを組むのを喜んでいた。あれは、たぶん、自分たち夫婦に、娘しかなくて、男の子が、いなかったからだろう。娘さんは、すでに二人とも、結婚しているはずだった。

その日の夜半近くに、電話が鳴った。

北海道へいっている直子の身に何かあったのだろうかと、一瞬、はっとして、受話器を取ったが、相手は、亀井刑事だった。

「こんな夜分、申しわけありません」

「いや、かまわんさ。事件か?」

と、亀井が、いった。

「たいした事件じゃないんですが、ちょっと気になることがありまして」

「話してくれ」

「一時間ほど前に、世田谷《せたがや》で起きた事件ですが、留守の家に、泥棒が入って、家のなかを荒らしたという届け出が隣家の主婦から、出ているんですが、空巣《あきす》に入られた家というのが、川島さんの家なんですよ」

「それ、本当かい？」

「間違いありません。今、結婚した娘さんにきてもらって、何が盗まれたか、調べているそうですが、川島さんが、北海道で殺された直後だけに、どうも、気になるんです」

「私もだよ。すぐ、いってみる」

「私もいきます」

と、亀井が、いった。

十津川は、亀井と、世田谷署で、一緒になった。

川島の家は、二十年前に買った古い家である。

十津川も、亀井も、何回か、その家に遊びにいったことがある。

二人の娘が、まだ、家にいて、独身だった十津川は、照れ臭さと、楽しさを同時に感じたものだった。

銀行員と結婚した長女の由香利《ゆかり》が、世田谷署の刑事と、話をしていた。

その緊張していた顔が、十津川と亀井を見て、いくらか、なごんだ。

「お父さんのことは、何といったらいいのか――」

十津川が、声をかけると、由香利は、

「十津川さんの奥さんが、母についていって下さって、助かりました。私が、一緒にいけばよかったんですが、子供が、熱を出してしまったものですから」

「失くなっているものが、何か、わかりましたか？」

亀井が、きいた。

「母が帰ってこないと、はっきりしたことはわからないんですけど、荒らされていたのは、父が書斎として使っていた二階の六畳の間だけなんです」

「ほかは、荒らされていないんですか？」

「ええ、一階の居間の洋ダンスの引き出しには、預金通帳や、印鑑なんかが入っていたんですけど、なにも、盗まれていませんわ」

「すると、お父さんの何かを狙って、入ったのかもしれませんね」

と、十津川が、いった。

「部屋を見せてもらって、かまいませんか？」

二人は、靴を脱いで、部屋にあがった。

今なら、三十五坪の敷地も、一財産だが、十津川たちが、時々、呼ばれて訪ねていた頃は、安普請《やすぶしん》の建売り住宅という感じで、若い西本刑事など、雨どいを修理するのを手伝わされたものである。

二階の六畳の間にあがってみると、由香利がいったとおり、その部屋だけが、荒らされていた。

机の引き出しも、ぶちまけられているし、本棚の本も、畳の上に散乱している。

「北海道で、川島さんを殺した人間が、この部屋を荒らしたんでしょうか？」

亀井が、小声で、十津川にきいた。

「時間的には、可能だね。もし、同一犯人なら、かえって、犯人逮捕が、やりやすくなるかもしれないな」

と、十津川は、いってから、由香利に向かって、

「空巣が入ったことは、もう、お母さんにしらせましたか？」

「はい、函館の母の泊まっているホテルに、電話をしました」

「あなたは、お父さんが、なぜ、北海道へいったのか、しっていますか？」

「いいえ」

「何も、きいてなかったんですね？」

「はい」

「函館へいっていたこともしらなかった？」

「はい」

「最近、お父さんが、誰かに狙われていたようなことは、ありませんか？」

「さあ、そういうことがあれば、母が、私や妹に電話してくると思いますけど、電話もありませんでしたわ」

「そうですか」

「父は、誰に、なぜ殺されたんでしょうか？」

由香利に、真剣な目で見つめられて、十津川は、当惑してしまった。

「私には、まったく見当がつきません。ただ、この空巣の犯人と、お父さんを殺した犯人が、同一犯という可能性は、あります」

4

十津川は、いったん、家に帰った。

翌日の午前九時すぎ、警視庁へ出勤している十津川のところへ、直子から、電話が入った。

「司法解剖の結果が、わかったわ。死因は、やはり、絞殺で、死亡推定時刻は、午後七時から九時の間ということなの。十九時から、二十一時ということで、上り特急『おおとり』が、現場付近を通過するのが、十九時を少しすぎた頃というので、ぴったり一致するわ」

「しかし、特急の窓は、開かないんだろう？」

「ええ。そこが問題なんだけど、函館か、途中駅に降ろして、車で、現場まで運んでいって、殺したとは、思えないわ」

「川島さんのポケットに、函館までの特急『おおとり』の切符が入っていたからか？」

「ええ。函館で降りたのなら、切符を持っているはずがないものね」

「途中下車したのなら、切符を持っていてもおかしくはないよ。函館までの途中で降りて、そこから、現場まで、車で運んだのかもしれない」

「問題の切符を見せてもらったんだけど、途中下車の印は、入ってなかったわ」

「川島さんが、上りの特急『おおとり』に乗ったことは、間違いないんだろうね？　切符は、犯人が買ったものだということだって、考えられる。千歳空港駅で、函館までを二枚買って、その一枚を、殺した川島さんのポケットに入れておいたことだって、考えられる。川島さんが、上りの特急『おおとり』に乗ったと見せかけるためにだよ」

「それは、道警本部でも、考えたみたいで、十二月二日の特急『おおとり』の車掌さんに、川島さんの写真を見せて、きいてみたらしいの。グリーン車は、すいていて、車掌さんは、川島さんを覚えていたそうよ。検札のとき、川島さんが『函館には、何時に着きますか?……』と、きいたといっていたわ」

「じゃあ、川島さんは、間違いなく、上りの特急『おおとり』に乗っていたわけだね?」

「ええ。千歳空港駅から、乗って、函館へ向かったことは、間違いないわね」

「しかし、特急『おおとり』の窓は開かないんだから、列車から突き落とされたとは、考えられないわけだろう?」

「ええ。ただ、車掌室は開くから、そこからなら、突き落とせるわ」

「その可能性は、あるのかい?」

「わからない。車掌さんが、いないときに、殺した川島さんの死体を担《かつ》ぎこみ、窓を開けて、突き落としたというわけだけど、そんな際《きわ》どいことができたかどうかが、問題だと思うの。道警の刑事さんは、その可能性があったかどうか、調べているみたいだわ」

「もう一つ、考え方があるな」

「どんな？」

「千歳空港駅で、函館行の特急『おおとり』に乗った川島さんが、何かの理由で、途中で、急行か、普通列車に乗り換えたということだよ。急行や、普通列車なら、窓は開くだろう。犯人は、そちらに乗っていて、川島さんを絞殺し、窓から、突き落としたとも、考えられる。普通列車なら、切符は、そのままで、乗れるわけだからね」

「そうね。それも、道警の刑事さんに調べてもらっておくわ」

5

川島刑事の妻、君子《きみこ》が、函館で茶毘に付した夫の遺骨を抱いて、羽田に帰ったのは、翌五日の夕方である。

十津川と、亀井が、羽田まで、迎えにいった。

直子も、君子と一緒に、帰ってきた。

十津川が、君子に、お悔やみをいい、

「私も、亀井刑事も、いわば、川島さんの後輩です。何としてでも、川島さんを殺した犯人を捕まえたいと思っています」

「ありがとうございます」

と、君子は、頭をさげた。

空港で、あれこれ、きくわけにもいかないので、十津川は、亀井に、君子を、送らせることにした。

二人が、乗ったタクシーが、走り去るのを見送ってから、十津川は、直子に、

「ご苦労さん」

と、いった。

「いろいろ、話したいことがあるんだけど、お腹が空《す》いたわ」

と、直子が、いう。

十津川は、空港内の中華料理店へ連れていった。

窓から、飛行機の発着が見えるテーブルに腰をおろし、料理を注文してから、

「川島さんのことで、わかったことは、何でも話してくれないか」

と、十津川は、いった。

「昨日、電話で、あなたがいったことだけど」

「川島さんは、函館までの途中で、急行か、普通列車かに乗り換えたんじゃないかということか？」

「ええ。道警の刑事さんも、可能性があると考えたらしくて、調べてくれたんだけど」

直子は、言葉を切って、ハンドバッグからメモを取り出して、テーブルの上に広げた。

「ここに書いてあるように、特急『おおとり』は、千歳空港駅を出たあと、終着の函館へ着くまで、苫小牧、登別、東室蘭、洞爺、長万部に停車するわ」

「それは、私も、時刻表を見て調べたよ。川島さんが、乗り換えたとすれば、最後に停まる長万部だと思うね」

「道警の刑事さんも、同じ考えだったわ」

「ちょっと待ってくれよ」

十津川は、コートのポケットから、丸めて突っこんでおいた時刻表を取り出した。

「上りの特急『おおとり』が、長万部に着くのが、一七時四六分だ。この時刻に、長万部で降りて、そのあとにくる函館行の急行か、普通列車に乗ったとするとだ――」

「ちょうどいい、普通列車があるのよ」

直子が、にっこり笑った。

「確かにあるね。一七時五二分長万部発函館行の普通列車があるよ。同じ上り列車だから、大沼からは、左側の線を走る。渡島大野が二〇時四〇分、次の七飯が二〇時四六分。この間で、窓から突き落とされたとすれば、死亡時刻も、ぴったり一致するんじゃないか？」

「ええ、そうなの。川島さんの死亡推定時刻は、午後七時から九時までの間だから、ぴったり合うのよ」

「問題は、川島さんが、なぜ、特急から、わざわざ、普通列車に乗り換えたかという理由と、乗り換えたという証拠がわかればということだが」

「理由はわからないけど、長万部で乗り換えたと思われる証拠は見つかったわ」

「本当か？」

「ええ」

「どんな証拠だい」

「食べながら、話すわ」

直子は、運ばれてきた料理に、箸をつけながら、

「特急『おおとり』の車掌さんのことだけど――」

「検札のとき、川島さんを確認していたんだったね。函館に何時に着くのかと、川島さんに、きかれたというので」

「その車掌さんが、こういう証言もしてくれているのよ。特急『おおとり』が、長万部を出て、七、八分してから、グリーン車の乗客のひとりが、車掌室にやってきて、通路に落ちていたといって、ライターを渡したというの。それが、ガスライターじゃなくて、何とかいうアメリカのオイルライターだったそうよ」

「ジッポーかい？」

「そう、そのジッポーだわ。届けた人の話では、長万部で、慌てて降りたグリーン車の乗客が、落としたらしいというわけ。道警で調べたら、そのライターに、KAWASHIMAと彫《ほ》ってあったんですって。それで、川島さんが、特急『おおとり』から、長万部で降りるときに、落としたものじゃないかということになったのよ」

「それは、間違いなく、川島さんのライターだよ。川島さんは、昔から、ジッポー信者でね。ガスライターは、何だか、火をつけているという実感がなくていやだといって、三千円のオイルライターのジッポーを、使っていたんだ」

「奥さんも、ご主人が持っていたものに間違いないと、おっしゃってたわ」

「それなら、やはり、川島さんは、長万部で、特急『おおとり』から、普通列車に乗り換えたんだ。そして、渡島大野と、七飯の間で、犯人に、絞殺され、窓から、突き落とされたんだ」

「道警でも、そう考えるようになったみたいだわ」

「しかし、川島さんは、何をしに、北海道へいったんだろう？」

「帰りの飛行機のなかで、奥さんに、いろいろと、きいてみたの。川島さんが、奥さんを連れていかず、なぜ、ひとりで、北海道へいったのかということを」

「それで、奥さんは、何といったんだ？」

「川島さんは、今年の三月に、退職してから、何か一つのことを、調べていたみたいだわ。奥さんには、これが片づかないと、温泉旅行を楽しむ気分になれないと、いっていたみたい。事件の日には、北海道へいって、人に会ってくるといっていたんですって。そうすれば、決着がつくというようなことを、おっしゃってたそうよ」

「何のことだろう？」

「私も、それを、奥さんに、きいてみたわ。何のことか、わかれば、川島さんを殺した犯人の見当も、つくでしょう？」

「そうだよ」

「退職して、すぐは、川島さんは、まだ、のんびりしていて、奥さんに、一緒に旅行でもしようといっていたそうなの。それが、ある日、手紙を受け取ってから、様子が、おかしくなったんですって。そして、九月中旬頃から、急に、川島さんは、夢中になって、何かを調べ始めたらしいわ」

「どんな手紙だったんだろう？」

「奥さんは、よく覚えていないといってたわ。覚えているのは、とても、分厚い手紙だったことだそうよ。差出人の名前も、わからないって」

「家に帰って、その手紙が見つかれば、何かわかると思うが——」

と、いいかけて、十津川は、川島家に、空巣が入ったことを思い出した。

あの空巣は、川島を殺した犯人で、問題の手紙を持ち去るために、家捜《やさが》しをしたのではあるまいか？

そうだとすると、手紙は、盗まれてしまったかもしれない。

6

直子をタクシーに乗せ、十津川自身は、ひとりで、警視庁に帰った。

川島君子を、家へ送り届けた亀井は、しばらくして、帰ってきた。

十津川が、手紙のことをいうと、亀井は、

「私も川島さんの奥さんに、その手紙のことをききました。それで、奥さんと、探してみたんですが、見つかりませんでした」

「空巣に入った奴が、持ち去ったんだ」

「私も、そう思います。北海道で、川島さんを殺した犯人が、翌日、東京へきて、盗み出したものと思います」

「そうだろうね。しかし、肝心の手紙が失くなっていると、手がかりがないな」

「そうです。ただ奥さんは話をしている間、その手紙のことで、いくつか思い出してくれました」

「差出人の名前が、わかったのか？」

「いや。そうじゃありませんが、黄色い封筒で、検閲《けんえつ》したという印がついていたそうです」

「というと、刑務所の囚人が出した手紙ということになるな」

「そうです。たぶん、川島さんが担当した事件が関係していると思いますね」

「各地の刑務所に連絡して、川島さん宛てに手紙を書いた受刑者がいたかどうか調べてもらおう」

十津川は、すぐ、全国の刑務所に電話をかけて、調べてもらった。

受刑者が出した手紙は、すべて、記録されているので、すぐ、答えが出た。

今年の六月七日に、府中《ふちゆう》刑務所の高井涼一《たかいりよういち》という受刑者が、川島に、手紙を出していることが、わかった。

高井涼一、二十九歳。罪名は強盗殺人である。懲役十年の刑で服役していた。

「この男は、今年の八月に、心臓発作で死亡しました」

と、副所長が、電話口でいった。

「うちにいたことのある川島が、高井に面会にいきませんでしたか？」

十津川が、きくと、副所長は、すぐ、面会人の名簿を取り寄せて見ていたが、

「ああ、見えていますよ。六月十五日と、七月二十日の二回です。高井涼一を逮

捕したのが川島さんだったようですね」

「そうです。彼は、高井涼一が亡くなったのをしっていたわけですね？」

「ええ。しっていましたよ」

「高井涼一が、川島宛てに出した手紙の内容は、わかりませんか？」

「それが、何か、事件に関係しているんですか？」

「川島は、北海道で何者かに、殺されました。どうも、何かを調べていて、殺されたらしいのです。それが、高井涼一からの手紙に、関係しているようなのです」

「なるほど」

「それで、高井涼一が出した手紙の内容が、気になるわけです」

「そうですか。こちらも、一字一句覚えているわけではありませんが、自分は、無実だから、もう一度、事件を調べ直してほしいということが、書いてあったと記憶しています」

「しかし、なぜ、川島に頼んだんですかね？　普通なら、家族か、弁護士に頼むものでしょう？」

「それは、わかりません」

と、副所長は、いった。

高井涼一という名前は、十津川も、覚えていた。

去年の十月二十五日に起きた事件である。東京の池袋《いけぶくろ》で、ひとりの女が殺された。

名前は、井上由美子《いのうえゆみこ》。二十五歳。全国的なサラリーローン会社アサヒの事務員である。

由美子は、池袋近くのマンションに、ひとりでいたのだが、二十五日の夜、何者かに、絞殺され、翌日の昼近くに、ボーイフレンドによって、発見された。

二十六日は、日曜日で、ボーイフレンドは、映画を見にいく約束をしていたので、迎えにきたのだと主張した。そのボーイフレンドが、高井涼一である。

最初、高井は、容疑者のひとりにしかすぎなかったが、川島刑事が、高井の身辺を調べていくにつれて、次第に、容疑が、濃くなっていった。

被害者井上由美子には、抵抗の跡がないことから、親しい人間に、殺されたものと思われた。高井は、マンションの鍵をもらっているほどの仲である。

当時、高井は、失業中で、金に困っていた。一方、被害者の部屋から、預金通帳と、印鑑が失くなっていた。

被害者は、前日、車を買うためといって、五十万円を銀行でおろしていたが、その金も失くなっていた。

金に困っていた高井が、夜、彼女のマンションにいき、借金を頼んだが、断られたので、かっとして、首を絞めて殺し、現金五十万円と、預金通帳、印鑑を持ち去ったと、考えられた。

高井にとって、不利なことが、ほかにもあった。

第一に、失業中の高井のアパートを調べたところ、封筒に入った五十万円の金が見つかったことである。

川島刑事が、追及すると、高井は、最初、被害者からもらったといい、次には、二十六日の朝、起きたら、誰かが、窓から自分の部屋にほうりこんでいったのだと主張した。もちろん、どちらも、信用されなかった。

第二に、二十五日土曜日の夕方、高井が、彼女のマンションに訪ねてきて、口論しているのを、隣室のホステスにきかれていることだった。

時刻は、午後六時頃で、ホステスは、池袋西口にあるクラブへ出勤しようとして、口論をきいたのである。彼女が見ていると、顔色を変えて、高井が、飛び出してきたという。

高井は、そのことも、最初は、否定しながら、証人がいるといわれると、口論したことを認めた。つまらないことで、口喧嘩したが、あとで、電話をかけて謝り、翌日、映画にいくことを約束したのだと主張した。

しかし、警察は、その言葉を鵜呑みにはしなかった。被害者は、二十五日の午後十時から十一時の間に、殺されている。金を借りにきて断られた高井は、いったん帰ったが、合い鍵を持っているのを幸い、夜の十時すぎに、彼女のマンションにいき、ドアを開けて、なかに入った。金を探しているとき、彼女が起きてきたので、絞殺し、預金通帳を奪ったと、考えたのである。

もし、翌日が、日曜日でなかったら、高井は、盗んだ預金通帳と印鑑で、預金もおろしていただろう。

高井涼一は、強盗殺人罪で、逮捕され、十年の判決を受けた。

これが、事件のすべてだった。

7

「退職してから、川島さんは、この事件を、調べ直していたようだね」

十津川は、考える表情で、亀井にいった。

「そのようですね。服役中の高井から手紙をもらい、そのうえ、彼が、病死したことで、責任を感じて、調べ直していたんだと思います」

「そういえば、川島さんは、退職のとき、一つだけ、心に引っかかることがあるといっていたが、この事件のことだったのかもしれないな」

「どうしますか？」

「もちろん、この事件を、もう一度、調べ直してみるよ。そうすれば、川島さんを殺した犯人が見つかるからな」

「川島さんは、北海道の函館にいって、殺されました。ということは、犯人に、函館に呼び出されたんだと思いますね」

「同感だね」

と、十津川は、うなずいてから、

「川島さんが、函館に飛んだということは、犯人の呼び出しが、納得できるものだったからだろう。川島さんは、用心深い人だった。犯人が、ただ、函館にこいといっても、それが納得できなければ、いかなかったと思うね」

「では、去年の事件で、函館に関係のある人間を捜しましょう」

「東京で起きた事件に、果たして、北海道の函館が、出てくるかな」

十津川は、首をかしげた。

十津川と、亀井は、問題の事件を、調べ直すことにした。


〈池袋マンション殺人事件〉


これが、事件の名称だった。

容疑者は、高井涼一を含めて、四人いた。

高井以外は、次の三人である。

田畑《たばた》　孝《たかし》（四十歳）
久木《くき》三郎《さぶろう》（三十一歳）
相川《あいかわ》哲夫《てつお》（二十六歳）

田畑は、被害者が働いていたサラリーローンアサヒの営業部長。久木と相川は、普通のサラリーマンである。

高井は、自分だけが、被害者の男だと思っていたのだが、彼女は、この三人とも、つき合っていたのである。

ただ、田畑も、ほかの二人も、金には困っていなかった。そのことが、高井をクロときめつける根拠になった。

田畑と久木は、結婚しており、相川は、結婚していなかった。

もし、高井が犯人ではないとすれば、この三人のなかに、犯人がいる可能性が強い。

「この三人のなかに、真犯人がいるとすれば、その男は、十二月二日に、北海道で、川島さんも殺しているはずだ。まず、二日のアリバイを調べてみてくれ」

と、十津川は、亀井たちに、いった。

刑事たちは、川島元刑事殺害についての三人のアリバイを調べた。

「久木は、今年の七月に、単身赴任で、アメリカへいっています。彼の会社が、アメリカの電機メーカーと、提携したからです」

亀井が、十津川に、報告した。

「今月の二日には、アメリカにいたということだね？」

「それは、間違いありません」

「ほかの二人は?」

「若い相川は、今年の三月に、結婚しました。見合いです。そのことは、どうということもありませんが、十二月一日から休暇をとって、夫婦で、嫁さんの故郷である岡山《おかやま》へいっています。これも間違いありません」

「すると、残るのは、田畑だけか。まさか、彼にも、アリバイがあるというんじゃないだろうね?」

「田畑は、現在も、サラリーローンアサヒの営業部長ですが、奇妙なことに、今年の八月三十日から、心臓病を理由に、会社を休んでいます。アサヒの話では、六カ月間の休暇を申請しているそうです」

「それで、田畑は、どこかの病院に入院しているのか?」

「いえ。自宅療養です」

「今月の二日には、自宅にいたのか?」

「自宅は、新宿《しんじゅく》のマンションです。2LDKのマンションです」

「会社は、儲かっているんだろう?」

「小さな地方銀行より、利益は、大きいといわれていますね」

「そこの営業部長が、2LDKのマンション暮らしかい?」

「それが、去年の十一月に、離婚して、家を奥さんに渡して、田畑自身は、マンション暮らしを始めたわけです」

「井上由美子が殺されたのが、確か、去年の十月二十五日だったね？」

「そうです。田畑夫妻は、その直後に、わかれています」

「そいつは、面白いね。ところで、田畑のアリバイは？」

「田畑は、十二月二日は、ずっと、自宅マンションにいたといっていますが、ひとりで住んでいるわけですから、証人はおりません」

「彼は、北海道と、何か関係があるのかね？」

「北海道に別荘を持っています」

「今でも、持っているのか？」

「今でもです。わかれた奥さんも、北海道の別荘には興味がなかったようです」

「北海道のどこだ？」

「それが、洞爺湖の近くです」

「函館じゃないのか？」

「しかし、洞爺は、函館の近くです。函館本線で、洞爺から函館まで、特急なら二時間で着きます」

「田畑が、たびたび、洞爺湖にいっているとすれば、函館近くのことも、詳しくしっている可能性があるわけだな？」

「そうです」

「田畑が、去年の事件の犯人だとすると、動機は、何だったんだろう？」

「今のところ、まだわかりません」

「田畑が、犯人だとすると、去年の捜査のとき、何か、見落としていたものがあったことになるね」

「そうです。それが、問題ですが」

「もう一度、調書を読んでみたんだが、犯人が、被害者を殺して、預金通帳と印鑑、それに、五十万円の現金を盗んだとあるが、そのうち、五十万円は、高井が持っていた。しかし、預金通帳と印鑑の行方は、書いてなかったね」

「このときは、高井が、現金は使う気でいたが、通帳のほうは、盗んだものの、おろせば、足がつくと思い、処分してしまったのだと、考えたんですがね。川島さんは、そう考えていましたよ」

「田畑が犯人だとすれば、違ってくる。彼は、金に困っていなかったんだろう？」

「そうです」

「それなのに、なぜ、井上由美子を殺して、預金通帳と現金を盗んだんだろう?」

「高井を、犯人に仕立てあげるためでしょう。高井は、金に困っていて、投げこまれていた五十万円を、自分のポケットに入れてしまいましたからね」

「それなら、通帳と印鑑も、高井のアパートに投げ入れておけば、完璧だったんじゃないかね?」

「確かに、そうですね」

「だが、そうしなかった。田畑が、井上由美子の預金をおろした形跡もない」

「そうです」

「とすると、田畑は、預金通帳そのものが、ほしかったんだ。彼女の預金通帳に、田畑にとって、不利な何かがあったんじゃないかね」

「調べてきましょう」

8

亀井は、被害者井上由美子が、預金していたM銀行池袋支店へいって、調べてきた。

「彼女が殺されたとき、預金額は、三百二十万円でした」

「少ない額じゃないね」

「銀行の元帳によりますと、彼女の口座に、毎月決まって、二十万円が振り込まれています」

「彼女の月給は、二十万足らずだったから、彼女自身の預金じゃないね」

「振込人の名前は、いつも、中田一郎《なかたいちろう》です。N銀行の新宿支店で振り込んでいるので、田畑の顔写真を持って、受けつけた行員に見せたところ、間違いなく、本人だといっていました」

「田畑と被害者は、毎月二十万円を渡す仲だったというわけだね」

「それに、彼女が住んでいたマンションも、田畑が買ったのかもしれません。二十代のOLに、二千九百万円のマンションが、そう簡単に買えるとは、思えませんから」

「そんなに、田畑は、井上由美子に参っていたのかね？」

「そうは考えられませんね。田畑は、けちな男ですから、ほかに、三人の男がいる女に、大金を注ぎこむとは思えません」

「すると、脅迫か？」

「その線だと思いますね。被害者は、何か、田畑の弱みを摑んで、脅迫していたんです。その結末が、殺人になったわけでしょう」

「田畑は、預金通帳を見られると、脅迫されて、毎月、金を払っていたのがわかってしまうから、殺したあと、通帳を持ち去って、処分したんだろう」

「私も、そう思います」

「刑務所に入った高井は、田畑の存在に気づいて、川島さんに手紙を書いたんじゃないかね。井上由美子は、たぶん、誰かに、マンションを買わせてやったぐらいのことを、高井に話していたのかもしれない。それを思いだしたんだろう」

「高井は、家族に恵まれていません。それで、自分を刑務所に送った川島さんに、手紙を書いたんだと思いますね。川島さんは、高井が、死んでしまったことで、一層、事件を、もう一度、調べてみる気になったんでしょう。田畑は、それをしって、急に、心臓病を理由に、半年間の休みを取った。そして、川島さんを殺す計画を立てたんだと思いますね」

亀井が、確信を持っていった。

川島に追われることになった田畑は、北海道の函館に、呼び出して、殺したのだ。

函館へ、何時《いつ》までにきてくれれば、すべてを話すとでも、電話で、川島にいったのかもしれない。

田畑は、待ち受けていて、川島を殺し、翌日、東京に引き返すと、川島の家を、家捜しした。彼が見つけようとしたのは、高井が、川島宛てに書いた手紙だったのではないか。川島から、その手紙のことを、田畑は、きいていたはずだからだ。

「田畑が、去年、井上由美子を殺し、先日川島さんを殺した。問題は、川島さんを、どうやって殺したかだ」

十津川は、最初の疑問に、立ち戻ったのを、感じた。

川島は、十二月二日、一三時五五分羽田発の便で千歳空港に向かった。

これは、間違いない。

千歳空港着が、一五時二〇分。そして、一五時四〇分千歳空港駅を出る特急「おおとり」で、函館に向かった。車掌が、グリーン車に乗っている川島を見ているから、それも、間違いないだろう。

川島は、翌朝、函館駅近く、渡島大野駅の傍の線路際で、死体で、発見された。

十津川たちの捜査によれば、川島は、長万部で、特急「おおとり」を降り、普通列車に乗り換えて、函館に向かった。そして、その普通列車の車内で、犯人に首を絞められ、渡島大野駅近くで、窓から、突き落とされたことになる。

川島が、長万部で、特急「おおとり」から降りたことは、彼が、慌てて降りたために、グリーン車の通路に、ジッポーの名前入りのライターを落としたことで、証明された。

川島が乗ったと思われる普通列車は、一七時五二分に長万部を出発し、渡島大野二〇時四〇分、次の七飯が二〇時四六分発になっている。この間で、川島は、窓から、突き落とされたものと思われる。

死亡推定時刻が、ぴったり、一致するからである。

田畑が、犯人なら、彼も、川島と一緒にいたに違いないのだ。

「カメさん。一緒に、北海道へいってみないか」

と、十津川は、亀井を誘った。

「いけば、事件が解決すると、お考えですか？」

「少なくとも、東京にいては、解決しないことだけは、確かだね」

「じゃあ、考えることはありません。さっそく、出かけましょう」

亀井は、賛成した。

十津川は、函館署の山口署長に、電話を入れて、今日、そちらへいくつもりだと伝えた。

「できれば、事件の日の上り特急『おおとり』の車掌に会いたいのですが」

「すぐ、鉄道管理局へ電話して、こちらへきてもらっておきましょう。殺人事件の捜査ですから、きてくれると思います」

と、山口は、約束してくれた。

十津川は、電話をすませたあと、亀井と警視庁を出て、羽田へ向かった。

事件の日に、川島が乗ったのと同じ一三時五五分発の便に乗りたかったが、すでに、午後二時をすぎていた。

二人は、函館行に乗らず、千歳から回ることにして一六時発の千歳行JAL519便に乗った。

「田畑は、北海道で、川島さんを待ち受けていたんだと思いますね」

北へ飛ぶジェット機のなかで、亀井が、十津川に、話しかけた。

「そうだろうね。川島さんが特急『おおとり』から、長万部で、普通列車に乗り換えたのは、川島さん自身の意志とは思えない。田畑が一緒に乗っていて、乗り換えさせたんだと思うね」

「同感です。川島さんが、グリーン車に乗っていたというのも、おかしいと思います。あの人は、どんなときでも、自由席に乗る人でした。今度に限って、グリーン車に乗ったというのは、川島さんらしくありません。まして、途中の長万部で降りて、普通列車に乗り換えるのなら、なおさらです。田畑が一緒で、仕方なく、グリーン車に乗ったのだと思いますね」

「あるいは、田畑が、千歳空港で待っていて、先に、上り特急『おおとり』のグリーン車の切符を買っておき、川島さんを、乗せたのかもしれない」

「そうなると、当日の車掌が、川島さんと一緒にいた田畑を、覚えているかもしれませんね」

「私も、それを期待して、田畑の写真を持ってきたんだがね」

千歳空港に着いたのが、一七時二五分である。

空港内の食堂で、軽い夕食をとってから、二人は、一八時一一分千歳空港駅発の特急「北斗《ほくと》6号」に乗って、函館に向かった。もちろん、グリーン車ではなく、自由席である。

すでに、車窓の外は、夜であった。車内は暖房がきいているが、外の冷気が、窓ガラスをくもらせていた。間もなく、北海道に、雪の季節が、訪れるのだろう。

函館着は、二三時〇一分だった。定刻着だが、雪が降り出したら、北海道の鉄道は、定刻に着くのが、まれになるのだろうか。何年か前、十津川は、二月の北海道へきて、三時間近く、列車が延着したのにぶつかったことがある。

函館署に着くと、山口署長が、事件当日の特急「おおとり」の松下《まつした》車掌を呼んでおいてくれた。

9

四十七、八歳の小柄な車掌だった。

「こんなに遅くまで、待っていただいて、申しわけありません」

十津川が、まず、礼をいうと、松下は、手を振って、

「明日の函館発の下り列車乗務ですから、かまいません」

と、いってから、十津川の名刺を見て、

「先日、十津川直子さんという方に、当日の列車のことをご説明しましたが、関

係のあるお方ですか？」

「あれは、家内です。どうも——」

十津川は、ちょっと、顔を朱《あか》くした。

「なるほど。それで今日は、どんなことでしょうか？」

「上りの特急『おおとり』のグリーン車で、亡くなった川島さんを、ごらんになったそうですね」

「ええ。千歳空港駅を出てすぐ、検札に伺ったとき、函館着の時間をきかれました。間違いなく、川島という方です。写真を見て、この人だと思いました」

「そして、長万部を出てすぐ、グリーン車で、ジッポーのライターが、見つかったんですね？」

「ええ。グリーン車のお客さんのひとりが、今、長万部で降りた客が、落としていったといって、わざわざ、車掌室まで、持ってきて下さったんです」

「じつは、そのライターが、川島さんのものだったんですよ」

「そうですか」

「ところで、この写真を見ていただきたいんです。同じ特急『おおとり』のグリーン車に、乗っていたと思うんですがね」

十津川は、田畑の顔写真を、松下車掌に見せた。

松下は、じっと見ていたが、にっこり笑って、

「覚えています。確かに、あの日の上り特急『おおとり』のグリーン車に乗って、おられました」

「本当ですね？」

大事なことなので、十津川は、念を押した。

「間違いありません。この方なら、よく覚えています」

松下は、大きくうなずいた。

十津川は、かえって、不安になって、

「グリーン車には、ほかにも、乗客はいたわけでしょう？」

「当日は、五〇パーセントぐらいの乗車率でしたから、二十四、五人の方が、グリーン車にお乗りでした」

「そのなかで、どうして、この男だけ、よく覚えていらっしゃるんですか？」

十津川が、きくと、松下車掌は、微笑し、秘密でも明かすように、

「じつは、この方が、ジッポーのライターを、届けて下さったんですよ。だから、はっきり覚えているんです」

「田畑が——？」

十津川は、亀井と、顔を見合わせてしまった。意外な答えだったからである。

「本当に、この男が、ジッポーを、届けたんですか？」

と、亀井が、念を押した。

「そうですよ。この方が、届けて下さったんです」

「上り特急『おおとり』が、長万部を出てからですか？」

「そうです。長万部を出て、五、六分してからでした」

「時刻は、何時頃でしたか？」

「上り特急『おおとり』の長万部発が、一七時四八分ですから、十七時五十三分か、四分頃だったと思いますね」

「グリーン車の乗客に、ライターを失くさなかったかと、車内放送で、きいたりはなさらなかったんですか？」

亀井がきくと、松下車掌は、笑って、

「しませんよ。ライターを届けて下さった方が、今、長万部で降りた人が落としたといわれましたからね」

確かに、松下車掌のいうとおりだった。長万部で降りた客が落としたのに、残った乗客に、落としませんでしたかと、ききはしないだろう。

「上り特急『おおとり』は、長万部を出ると、終点の函館まで、停車しませんでしたね?」

十津川が、きいた。

「ええ、停車しません」

10

松下車掌に、礼をいってわかれ、十津川と、亀井は、函館市内のホテルに、入った。

十二階の部屋に入ると、有名な函館市の夜景を、眼下に見下ろすことができたが、十津川も、亀井も、浮かない顔をしていた。

「参ったね」

と、十津川は、百万ドルの夜景に向かって、呟いた。

「参りましたね」

亀井も、いった。

「川島さんが、長万部で、普通列車に乗り換え、田畑が特急『おおとり』に残ったとすれば、田畑には、殺せないことになってしまう。これでは、まるで、田畑のアリバイを証明してやるために、函館へきたようなものじゃないか」

「しかし、警部、こうは、考えられませんか。田畑は特急『おおとり』が、長万部を出てから、五、六分して、車掌室へ、川島さんのライターを持っていっていますから、函館まで特急『おおとり』に乗っていたことは、間違いありません。長万部から、終点の函館まで、停車しないんですから」

「それで？」

「一方、川島さんは、長万部で降りて、普通列車に、乗り換えたと、思われていますが、その証拠は、どこにもないんです。乗客が、車掌室に、川島さんのライターを持っていって、今、降りた人が、落としたといっただけです。だから、川島さんが、長万部で降りて、普通列車に乗り換えたと考えたわけですが、ライターを届けたのが、容疑者の田畑となれば、話は別ですよ。彼が、嘘をついたということは、充分に考えられます」

「つまり、川島さんは、長万部で降りずに、函館まで特急『おおとり』に、乗っていったということかい？」

「そうです。川島さんのライターを取りあげるのは、簡単だったと思いますね。列車が、長万部を出たあと、川島さんに向かって、煙草を吸いたいが、ライターがない、貸してくれないかといえば、人の好《い》い川島さんだから、必ず貸しますよ。田畑は、それを、そのまま、車掌室に持っていったんだと思いますね。あとで、川島さんが、ライターのことをいったら、何とか、ごまかしておいて、殺してしまったに違いありません」

亀井は、自信を持って、いった。

確かに、亀井のいうとおりに、簡単にできるだろう。

「では、川島さんは、田畑と一緒に、上りの特急『おおとり』で、函館へ向かったとしよう。しかし、カメさん。特急の窓は、開かないんだ。函館への途中で、川島さんの首を絞めて殺し、窓から突き落とすことは、できないよ。車掌室の窓は開くが、車掌の松下さんは、函館に近いところで、車掌室を空けたことはないと、証言しているんだ」

「じゃあ、こう考えるのは、どうですか。田畑と、川島さんは、一緒に、上り特急『おおとり』で、函館までいった。函館からは、下りの普通列車が出ているんでしょうから、それに乗って、引き返せば、窓から、突き落とせるんじゃありませんか?」

「それが、駄目なんだ」

と、十津川は、いい、ホテルの伝票の上に、ボールペンで、現場近くの路線図を描いた。

「これをよく見てくれ。肝心なのは、七飯と大沼の間が、二本にわかれていることだ。この区間は、勾配がきついので、左側の線路を、函館行の上り列車が走り、勾配のゆるい右側の線路を、下り列車が、走っているんだ。川島さんの死体が発見されたのは、左側の線路の渡島大野駅近くだ。君のいうように、函館までいって、下りの普通列車に乗り換えて、引き返したとする。下りだから、七飯のあと、右側の線路に入ってしまう。普通列車だから、窓は開くが、×印を通らなくなってしまうんだよ。下りの線路を走るわけだからね」

「うーん」

と、亀井は、唸ってしまった。

「これは、参ったな」

亀井は、頭をかいた。

やっと追いつめたと思った獲物が、するりと、逃げてしまった感じだった。

「すると、やはり、列車の窓から突き落としたのではなく、車で運んでいって、線路の脇に、捨てたということでしょうか。切符は、よぶんに一枚買っておけば、死体のポケットに入れておくことができます。上りの特急『おおとり』が、函館に着くのは、一九時二四分になっています。函館から死体のあった現場までの距離は、約十八キロですから、死亡推定時刻の十九時から、二十一時までの間には、ゆっくり、現場に着けます。川島さんの体に打撲傷があって、それが、列

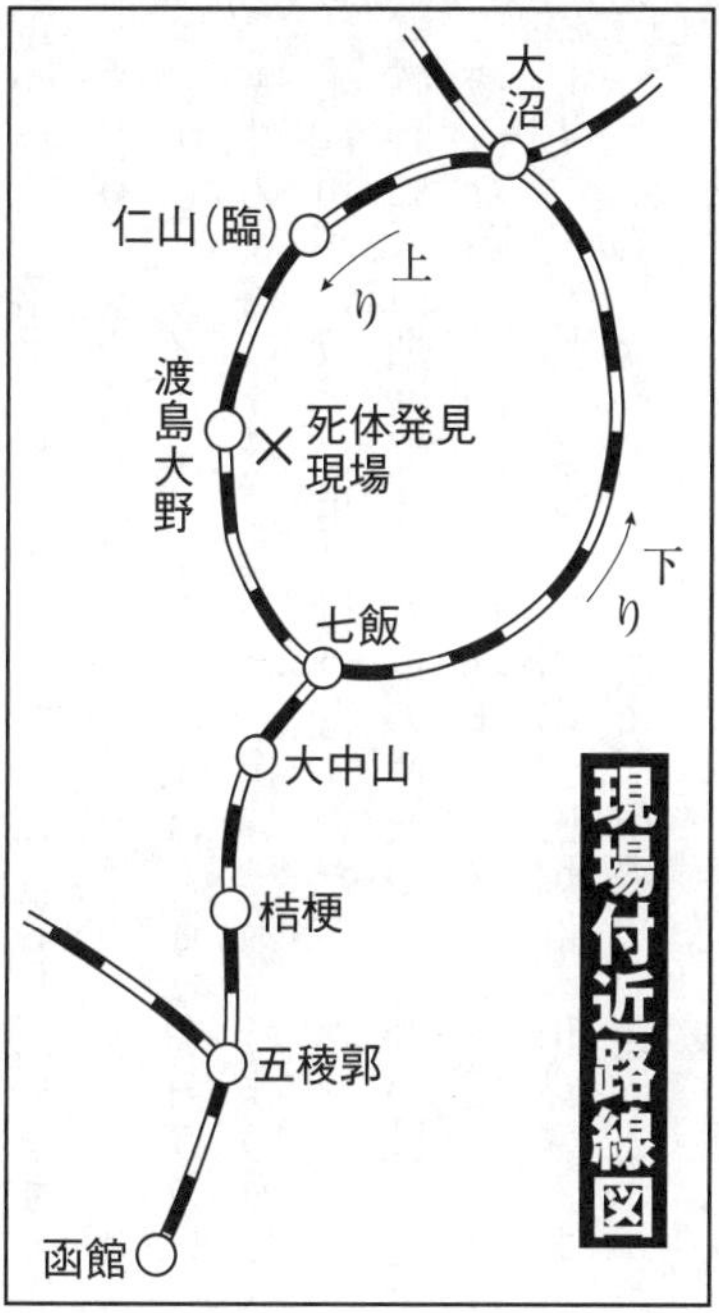

車から突き落とされた証拠みたいにいわれていますが、車をぶつければ、同じような打撲傷を与えられると思いますよ」

「しかし、カメさん。確か、田畑は、運転免許がないんじゃなかったかね。去年の事件の調書に、そんなことが書いてあったような気がするんだが」

十津川がいうと、亀井はうなずいた。

「確かに、田畑は、今でも車の運転ができないはずです」

「そうなると、函館から現場まで、タクシーでいったことになるね」

「私も、そう思います。たぶん、田畑は、川島さんを、騙して、現場まで連れていったんでしょう。生きたまま、現場まで連れていったのなら、タクシーは、べつに、怪しまずに、二人を、乗せたと思いますね」

「明日になったら、その考えが正しいかどうか、調べてもらおう」

そう決めて、二人は、ベッドに入り、翌日、函館署員の協力を得て、函館駅周辺のタクシーの聞き込みをおこなった。

上りの特急「おおとり」が、函館に着くのが、一九時二四分だから、タクシーに乗ったとすれば、午後七時三十分から四十分頃だろう。

田畑と川島の写真のコピーを持った刑事たちが、いっせいに、タクシー運転手たちに、当たった。

二日間にわたって、函館周辺で、仕事をしているタクシー運転手に当たってみたが、事件当日、川島と田畑を乗せたという運転手に、ぶつからなかったし、現場近くまで、客を運んだという運転手も、見つからなかった。

さらに、事件当日の切符も、調べてみた。上り特急「おおとり」の千歳空港駅から函館までのグリーン車の切符の枚数である。

松下車掌は、列車が、千歳空港駅を出てすぐ、グリーン車の検札をしている。そのとき、何人の客が、千歳空港駅から乗ったか、確認していた。

その人数は、十一人である。そのうち、函館までの切符を持っていた乗客は、七人だった。亀井の推理が正しいとすれば、田畑は、千歳空港駅で、切符を一枚よけいに買っておき、それを、川島のポケットに入れておいたことになる。

しかし、函館駅で回収された切符は六枚と、川島が持っていた一枚の合計七枚に対して、千歳空港駅で売られたのも七枚で、よぶんには、売られていないのである。肝心の切符は、一枚よぶんに買った者はいなかったのだ。

「これがどういうことか、わかるかね？」

十津川が、考えながら、亀井にきいた。

「わかります。川島さんは、函館駅で、降りなかったということですね。もし、改札口を出ていれば、切符は持っていなかったはずですから」

と、亀井が、いう。

「そうなんだよ。つまり、元に戻ってしまったんだ。川島さんは、やはり、列車のなかで絞殺され、窓から、突き落とされたんだ」

11

推理も、元に戻り、同時に、疑問も、元に戻ってしまった。

わかっているのは、川島が、事件当日、千歳空港駅から、上りの特急「おおとり」に、乗ったことである。

グリーン車に、川島が乗っていて、函館着の時刻をきいたことは、松下車掌が、証言している。

容疑者の田畑も、同じグリーン車に乗っていたことは、同じ松下車掌の証言によって、明らかである。

しかも、田畑の場合は、特急「おおとり」が、長万部を出たあとで、車掌に会っている。特急「おおとり」は、長万部を出たあと、終着函館までは停まらないから、田畑が飛び降りでもしない限り、函館までいったことになる。

川島が、長万部で降りたとすれば、田畑は、完璧なアリバイを持っていることになるのだ。

川島が、実際には、長万部で降りず特急「おおとり」に乗って、函館までいったとすると、どうやって、現場に、突き落としたか、わからなくなる。特急の窓は、開かないからである。函館に着いてから、下りの普通列車に乗って、引き返すのは、川島が、上りの線路際で死体で見つかったことで、おかしくなってしまう。

残るのは、結局、長万部で特急「おおとり」から、普通列車に乗り換えたという推理である。

特急「おおとり」の長万部着が、一七時四六分。その六分後の一七時五二分に、長万部から、列車番号646Dの普通列車が、函館に向かって、発車している。

川島は、この列車に乗った。そして、渡島大野をすぎたところで、何者かに絞殺され、窓から、突き落とされたに違いない。これなら、時間もぴったり合うし、川島のポケットに特急「おおとり」の切符があって、おかしくない。

ただし、これでは、田畑に完全なアリバイができてしまって、彼は、犯人では、なくなってしまうのである。

「共犯者がいたと考えるのは、ナンセンスだ」

と、十津川は、いった。

もし、田畑に共犯がいたのなら、こんな、すれすれのアリバイは、作らずに、自分を、完全な安全圏に置いて、共犯者に殺させるだろう。

「間違いなく、田畑が、川島さんを殺したんだよ。そこに戻って、考えてみよう。君のいうように、田畑が特急『おおとり』で、函館へいったのなら、川島さんも、函館へいったに違いない」

十津川は、自分にいいきかせるように、いった。

「しかし、警部。函館から引き返す下り列車は、別の線路を走ってしまいますよ」

「わかっている。とにかく、田畑が、函館に着いた時刻に、駅へいってみよう。何か、道が、開けるかもしれないからね」

12

その夜、十二月十日。午後七時二十四分に、十津川と、亀井は、函館駅へ出かけた。

すでに、完全な夜の気配である。

一応、渡島大野までの切符を買って、二人は、改札口に入った。

ちょうど、上りの特急「おおとり」が、網走からの長い旅を了《お》えて、ホームに入ってきたところだった。

乗客が、降りてくる。

あの夜も、川島元刑事は、田畑と、降りてきたのだろうか。

川島が特急「おおとり」の切符を持っていたということは、改札口を出ずに、ここから、下りの列車に乗り換えたことを意味している。

下りの気動車は、一九時三三分発の長万部行である。

キハ22系と呼ばれる赤い車体の気動車で、排気ガスのせいか、汚れて見える。

寒い北海道用の車両なので、窓は小さいが、それでも、人間ひとりをほうり出すだけの広さは、充分である。

がらがらかと思ったが、意外に、乗客の数が多いのは、函館本線という幹線が、特急や、急行ばかりが多く、各駅停車の普通列車が少ないからだろう。

座席は、空いていたが、十津川と亀井は、ドアの近くに立っていた。

二人の乗った気動車は、ごとごとと、走り出した。

五稜郭《ごりょうかく》、桔梗《ききょう》、大中山《おおなかやま》と、停車するたびに乗客の数が、減っていく。

七飯では、かなりの乗客が降りた。ここから、函館へ通勤するサラリーマンが多いらしい。

ここから、下り線と、上り線が、大きくわかれる。

がらがらになった車内で、十津川は、じっと、窓の外を見つめた。

人家の灯《ひ》が、次第に少なくなってきて、山間《やまあい》に入っていく感じだった。勾配もきつくなるので、下りのために、大きく迂回する線路を作ったのだろう。

七飯から、その迂回線へ入るはずだった。入ってしまえば、川島が死んでいた場所から、どんどん離れてしまう。

列車は走り出した。

「あれ？」

と、亀井が、声を出した。

「左へ曲がっていきますよ」

「変だな」

十津川も、窓の外に、目をこらした。

確かに、列車は、左へ折れていく。迂回線は、右へ回るはずなのに、二人の乗った普通列車は、逆に回っていく。

五、六分すると、小さな駅に停まった。下り線は、大沼まで停まらないはずだった。

渡島大野の駅名が見えた。

この近くに、川島の死体があったのである。

十津川が、首をかしげているうちに、列車は、発車し、次の仁山《にやま》に、向かった。

ここは、臨時駅だが、列車は、無人駅のここにも、停車した。

十津川は、最後尾の車両にいる車掌に会いにいった。

「なぜ、この列車は、下りなのに、こちら側の線路を走っているんですか？　下りは、勾配のゆるい迂回線を走るんじゃないんですか？」

十津川が、きくと、車掌は、

「特急と、急行は、すべて、おっしゃるとおり、上りが、渡島大野駅のある在来線を走り、下りは、新しい迂回線を走ります。しかし、普通列車は、下りも、在来線を走るんです」

と、微笑しながらいった。

「普通列車は、全部、下りも、こちら側を走るんですか？」

「いや、普通列車でも、迂回線を走るものがあります。函館発の下りの普通は、一日、十二本ですが、そのうち三本は、特急や急行と同じように、迂回線を走ります。残りの九本が、こちらの在来線を走るわけです。まあ、北海道以外の方は、特急か急行にお乗りになるでしょうから、下りと上りは、すべて、別の線を走ると思われるでしょうね」

田畑は、それを利用して、際どいアリバイ作りをしたのだ。

十津川は、亀井のところに戻ると「田畑を、逮捕しよう」と、いった。

田畑の自供によれば、彼が、会社の金を不正に流用していたのを、部下の井上由美子に見つかり、脅迫された。

一カ月に、二十万円を、彼女の預金口座に振り込んでいたが、彼女は、次第に、要求をエスカレートして、毎月の金のほかに、ダイヤがほしいとか、高級時計、毛皮がほしいなどといい出した。

田畑は、去年の十月二十五日の夜、要求されたダイヤの指輪を買って持っていくといって、彼女のマンションにいき、殺害した。強請られた証拠になる預金通帳と印鑑は盗み、現金五十万円は、彼女の恋人である高井涼一のアパートに投げこんでおいた。

高井のことは、彼女から、いろいろときいていた。失業中で、金に困っているということもである。

田畑の思惑《おもわく》どおり、高井は、五十万円を、警察に届けず、彼は、殺人犯として、刑務所に入れられた。

だが、今年になって、元刑事の川島が、急に、田畑の周囲を調べ始めた。服役中の高井が、殺された由美子が、会社の上司を強請って、大金を手に入れていると、話したのを思い出し、それを手紙に書いて、川島に送ったのである。

田畑は、川島の追及をさけるために、会社に病気で休ませてほしいといい、北海道の別荘へ引き籠ったが、それでも、川島は、追及してくる。

そこで、すべてを話すといって、川島を、北海道へ呼び出して、殺したのである。

十津川や、亀井が、推理したとおり、田畑は、千歳空港駅まで迎えにいき、前もって買っておいた上り特急「おおとり」のグリーン車の切符を渡し、それに乗った。
車内では、渡島大野の知人のところに、問題の預金通帳と印鑑が隠してあると
いい、一緒にきてくれれば、渡すといった。
渡島大野には、函館から引き返したほうが早いといっておき、長万部をすぎた
ところで、川島に、ライターを借り、それを車掌に渡して、今、降りた乗客が、
落としたと、嘘をついた。それで、アリバイができると、読んだからである。
函館から、普通列車で引き返し、渡島大野が近づいたとき、
「あのあたりに、知人の家があります」
と、窓の外の人家の灯を指さし、川島が、窓を開けて見たとき、背後から、首
を絞めて、突き落とした。
そうしておいてから、翌日、東京に飛び、川島の家に忍びこみ、高井涼一の手
紙を、盗み出した。
十津川が、本当に、事件が終わったと感じたのは、そうした田畑の自供を得
て、川島元刑事の霊前に報告したときだった。

殺意を運ぶあじさい電車

1

小田原《おだわら》市内に住む木戸《きど》は、強羅《ごうら》にあるホテルのレストランで働いていた。

二十九歳。まだ、独身である。まだ、というより、親戚などから、結婚をすすめられながら、気ままな独身生活を、楽しんでいるといったほうが、正解かもしれない。

恋人はいる。

去年の秋、箱根《はこね》に遊びにきた若い女性だけのグループのひとりだった。東京のOLたちが、木戸の勤めるホテルKに、二日間、泊まった。その時に知り合い、以後、今日まで、交際は、続いている。

名前は、三浦《みうら》みゆき。ちょっと小柄で、その明るさに、木戸は、魅力を感じていた。話をしていて、楽しいのだ。

東京と、小田原に離れているので、なかなか会えないが、電話での会話が、楽しい。

みゆきも、あと、二、三年は、結婚はしたくないといっているので、その点でも、気は合っている。少なくとも、木戸は、そう考えていた。

木戸は、小田原から、ホテルKのある強羅まで、箱根登山鉄道で、通っている。

二両連結の可愛らしい電車である。小田原駅が、標高二六メートル。それが、終点の強羅駅は、五五三メートルだから、文字どおり、登山電車である。

一〇〇〇分の八〇という急勾配《こうばい》もあるし、急なカーブもある。スイッチバックも、三カ所に設けられていて、短い距離なのだが、楽しくて、木戸は、この電車を、利用していた。

この電車が、あじさい電車の愛称で呼ばれるのは、梅雨《つゆ》時になると、沿線に、いっせいに、あじさいの花が、咲き乱れるからである。

愛称ばやりの現代だから、このほかに、箱根登山鉄道では、新しく入れた車両に、スイスの登山鉄道にならって「サン・モリッツ号」という名を、つけたりしていた。

木戸は、毎日、午前八時一一分小田原発の電車に乗る。強羅着は、九時〇五分、五十四分の通勤である。

五月に入ると、線路の両側に、あじさいの花が咲く。延々と、あじさいの花が続くのは、壮観である。それも、窓から手を伸ばせば、簡単に、摘み取れるほどの近さなのだ。

五月二十三日も、木戸は、同じ電車に乗って、強羅に向かった。

おかしなもので、いつの間にか、座る座席が、決まってしまって、一両目の右側、二列目の座席に、腰をおろす習慣がついていた。

土、日以外だと、この電車は、すいていて、ゆっくりと、腰をおろすことができる。

小田原を出ると、単線だが、レールは、三本という奇妙な景色が、箱根湯本《はこねゆもと》まで、続く。新宿《しんじゆく》発の小田急《おだきゆう》線が、箱根湯本までいくのだが、登山鉄道よりは軌道の幅が狭い。本来の登山鉄道のレールは使えないので、その内に、もう一本レールを敷いたということである。

したがって、箱根湯本から先は、変則的な三本レールは終わって、普通の二本のレールになる。

勾配も、急になり、頻繁に、トンネルが現れる。

塔ノ沢《とうのさわ》をすぎて、早川《はやかわ》にかかる橋梁《きようりよう》を渡り始めた時、木戸の隣に、中年の男が、腰をおろした。

別に、しった顔でもないので、窓の外を眺めていると、

「木戸さんですね？」

と、その男が、突然、声をかけてきた。

「ええ」

と、男の顔を見返したが、やはり、記憶がない。

「ホテルKのレストランで、マネージャーをやっておられる木戸さんですね」

男が、微笑した。

（ああ、店にきたことのあるお客か）

と、木戸は、思った。

彼が、マネージャーをやっているレストラン〈ウインドミル〉では、従業員が、胸に名札をつけている。それで、木戸の名前をしったのだろう。

「よく、お泊まりですか？」

と、木戸は、きいてみた。

「これまで、何回か泊まっていますよ」

と、男は、笑顔で、いってから、

「あなたに、折り入って、ご相談したいことがあるのですがね」

「どんな話でしょうか？」

「ゆっくりお話をしたいので、時間を作ってもらえませんか？　あなたにとっても、プラスになる話だと、思いますがね」

と、男は、思わせぶりに、いった。

木戸は、それにつられた格好で、

「昼食と、夕食の間なら、いいですよ。三時前くらいなら、大丈夫だと思います」

「それなら、午後三時に、ホテルのロビーで、会いましょう。よかった。あなたと、話のできるチャンスがあって」

と、男は、嬉しそうにいい、それで、約束は、取りつけたという顔で、急に、窓の外に目をやった。

「この電車が好きなんですよ。山のなかを、かきわけていく感じでね。ああ、ここが、最初のスイッチバックですね。なるほど、運転士と、車掌が、交代するんだ。長閑なものですねえ。時速は、せいぜい、二十キロぐらいですかねえ」

と、男は、ぺらぺらと、喋っている。

木戸は、相槌《あいづち》を打つのも面倒臭いので、黙っていた。

二人を乗せた電車は、三つのスイッチバックを経《へ》て、箱根山を、登っていく。車両と、レールの、擦れる音が、甲高くきこえる。ひっきりなしに、ブレーキをかけているからだろう。その摩擦熱を和《やわ》らげるために、この電車には、水タンクがついている。

踏切の近くに、時々、撒水するのだ。

「猪《いのしし》が、出るんですねえ」

と、男は、感心したように、いった。やたらに、感心する男だなと、木戸は、思った。

箱根登山鉄道は、全線、単線なので、途中の駅や、信号所で、上りと下りが、擦れ違う。

男は、そんな光景まで、感心して、眺めていた。

2

その日の午後三時に、木戸は、男と、ホテルKのロビーで、改めて、会った。

男は、ロビーの隅の喫茶ルームから、コーヒーを運ばせて、木戸にも、すすめ

てから、

「あなたに、やってもらいたいことがあるんですよ」

と、いった。

電車のなかでは、にこにこ笑っていたが、今は、妙に、生真面目な顔になっていた。

「どんなことですか？」

と、木戸も、男の顔を、まっすぐに見て、きいた。

「木戸さんは、毎日、同じ時刻に、あの登山電車に、お乗りになりますね。午前八時一一分小田原発の電車に」

「よくしっていますね」

「じつは、あなたのことを、調べさせてもらいました。将来は、東京に住みたいので、こつこつと、貯金しているが、なかなか、東京に住居を構えるほどにはならず、絶望的になっている。東京都内だと、２ＤＫのマンションでも、何千万としますからねえ」

と、男が、いった。

「なぜ、そんなことまで、しっているんですか？」

「いろいろと、調べたと、いっているじゃありませんか」

と、男は、笑った。

「何のために、僕のことを調べているんですか？」

「あなたに、ぜひ、引き受けてほしい仕事があるからですよ」

「それを、まず、いって下さい」

と、木戸は、いった。だんだん、男が、薄気味悪くなってきていた。

「お礼は、充分にさせてもらいますよ。そうですね、一千万円くらいは、お支払いしてもよいと、思いますよ」

「一千万？」

「ご不満なら、二千万円でも、構いませんよ。どうですか？　これ——」

「ちょっと待って下さい」

と、木戸は、慌てて、相手の言葉を、遮って、

「まさか、僕に、人殺しを頼む気じゃないでしょうね」

「じつは、そのとおりです」

「とんでもない。お断りだ！」

と、木戸が、叫ぶと、男は、くすくす笑い出して、

「木戸さん。まさか、そんなことを、頼むはずがないじゃありませんか」

「じゃあ、何のために、そんな大金を、僕に払うというんですか？」

「へたをすると、警察に捕まるかもしれないことだからですよ。まあ、大丈夫だとは、思っていますがね」

と、男は、いった。

思わせぶりないい方に、木戸は、次第に、いらだってきた。

「ずばりと、いってくれませんかね。僕は、あなたと、言葉の遊びをしている暇はないんですよ。これでも、いろいろと、忙しいんです」

と、木戸は、いった。

「では、この写真を見て下さい」

と、男はいい、三枚の写真を取り出して、木戸の前に並べた。同じ女を撮《と》った三枚の写真である。

年齢は、二十七、八歳だろうか。彫りの深い、なかなか、魅力的な美人だった。何かの記念写真でもあるのか、緊張した表情でまっすぐ前を見つめているもの、水着姿のもの、そして、三枚目は、和服姿である。

「この女性が、どうかしたんですか？」

と、木戸は、写真を見ながら、男に、きいた。

「私の妹です。両親が早くに亡くなったので、いってみれば、二人だけの肉親というわけです。それが、ある日、突然、姿を消してしまいましてね。必死で探しているんですが、見つからないのですよ」

と、男は、真剣な表情で、いった。

「なぜ、そんな話を、僕にするんですか？」

と、木戸は、質問した。

「いろいろな人に、頼みました。見つけてほしくてね。もちろん、警察にも、頼みましたよ。しかし、真剣に、捜してはくれませんでした。そりゃあ、当然かもしれません。立派な大人が、自分の意志で、姿を消しているんだから、犯罪に関係がなければ、警察が、動かないのが、当たり前でしてね」

と、男はいい、小さな溜息をついた。

「まだ、よくわからないんですが、僕に、何か頼みたいわけですか？」

「そうです。木戸さんにも、ぜひ、妹を探してもらいたいのですよ」

「探してくれといわれても、僕は、このホテルのレストランで働いているんです。あなたの妹さんを探している時間は、ありませんよ」

「わかっています」

「じゃあ、どうして?」

木戸は、わけがわからず、眉をひそめて、男に、きいた。

「じつは、妹は、箱根登山鉄道が、とても、好きでしてね。よく、あれに乗って、箱根に遊びにいっていたことを、思い出したのですよ。私が、このホテルにきたのも、ひょっとして、登山電車のなかで、妹に、会えるのではないかと、思ったからです」

「なるほど」

「しかし、私は、小さいながら、会社をやっていて、毎日、あの電車に乗っているわけにはいきません。そこで、毎日、乗っていらっしゃる木戸さんのことをきいて、ぜひ、お願いしようと、思ったのです。お願いです。もし、妹を見たら、摑まえて、私に、連絡をくれませんか」

「妹さんの名前は、何ていうんですか?」

「加東《かとう》ひろみです。じつは、妹は、何かの事件で、自分が、警察に追われていると、思いこんでいる節《ふし》があるのです。ですから、無理しても、摑まえて、逃げないようにして、私に、連絡してほしいのですよ。今もいいましたように、私にとっては、唯一の肉親ですので、ぜひとも、見つけ出したいのです。お礼は、差しあげます」

と、男はいい、内ポケットから、封筒を出して、木戸の前に置いた。

「取り敢えず、百万円、入っていますから、受け取って下さい。もし、あなたが、妹を摑まえてくれて、私に渡して下されば、一千万でも、二千万でも、差しあげます。いくら払っても、妹が、また、私のところに戻ってくれれば、惜しくないのです。お願いします」

男は、頭をさげた。

「しかし、妹さん、ひろみさんですか、必ず、箱根登山鉄道に、乗ってくるとは、限らないんでしょう？」

「ええ。そのとおりですが、私は、どんな小さな可能性にでも、賭けてみようと思っているんです。もし、妹が、何かの事件に巻きこまれているのなら、助け出したいのですよ」

と、男は、いった。

「僕が、あなたの妹さんを見つけたとして、どうやって、あなたに、連絡したらいいんですか？　ずっと、このホテルに、おられるわけじゃないでしょう？」

「そうなんです。仕事の都合で、明日には、東京に帰らなければなりません。えと、電話番号をいいますから、メモしておいてくれませんか」

男は加東哲也《てつや》と名乗り、東京の電話番号を、いった。

3

木戸は、男のくれた百万円を、受け取った。まとまった金がほしかったからである。これで、加東ひろみを見つけて、あの男に渡すことができれば、一千万円は、手に入る。いや、あの男は、二千万円だって、払っていいと、いったはずである。

木戸は、東京に出ていきたいと、思っていた。東京に、家がほしいし、東京で、働きたい。そのためには、どうしても、金がいるのだ。

木戸は、箱根登山鉄道での往復に、車内はもとより、駅に着くたびに、ホームを、見つめる癖がついてしまった。

写真で見る限り、加東ひろみは、美人だし、それも、特徴のある美人の顔である。もし、面と向かえば、すぐ、わかるだろう。

毎日が、勝負だと、思った。何しろ、成功すれば、一千万円、二千万円になることなのだ。

「マネージャー。最近、目つきが悪くなったわ」

と、店のウェイトレスに、からかわれたりもした。

これは、マネージャーとしては、失格だったが、いまさら、探すのを、やめることも、できなかった。

六月に入ると、梅雨時らしく、雨の日が、多くなった。沿線のあじさいは、ますます、色鮮やかになったが、加東ひろみは、見つからなかった。

次第に、緊張感が、途切れてくる。疲れている時など、つい、電車のなかで、眠ってしまったりするようになった。

六月十一日の朝も、いつもの時間に、強羅行の電車に乗ったが、昨夜、友人と遅くまで飲んだこともあって、つい、座席で、うとうとしてしまった。

梅雨の晴れ間で、初夏の太陽が、車内にも射しこんでいる。

目を開けたのは、箱根湯本に着いた時である。

(しっかり見ていなければ――)

と、木戸は、自分に、いいきかせて、目をこすった。

塔ノ沢を出ると、電車は、最初のスイッチバックに近づいていく。

早川鉄橋を渡り、小さなトンネルを二つ抜けると、出山《でやま》信号所である。

ホームはあるが、乗客の乗り降りはない。

運転士と、車掌が、ホームを走って、交代するのが、見える。

そして、電車は、逆方向に、スイッチバックで、登っていく。

次の大平台《おおひらだい》駅は、もちろん、普通の駅だから、乗客の乗り降りもおこなわれるが、ここも、スイッチバックである。

三つ目は、上《かみ》大平台信号所で、ここは、出山信号所と同じく、スイッチバックのための駅で、乗客は、乗り降りしない。

向かい合ったホームには、下りの電車が入ってきて、同じように、スイッチバックで、下っていく。

木戸は、無人のホームに目をやっていたが、急に、

「あっ」

と、声をあげた。

本来なら、乗客のいないはずのホームに、ひとり、若い女が立っていて、その顔が、あの写真に、そっくりだったからだ。

木戸は、開いた窓から、

「加東さん！　加東ひろみさん！」

と、大声で、怒鳴った。

女が、はっとしたように、こちらを見た。が、その時には、木戸の乗った電車は、もう、ゆっくりと、走り出していた。

「加東さん！　そこにいて下さいよ！　すぐ戻ってきますからね」

と、木戸は、大声で、叫び続けた。

気がつくと、まわりの乗客が、びっくりした顔で、木戸を見ている。

次の駅で降りて、戻って、と思ったが、次に停車したのは、仙人台《せんにんだい》信号所である。ここは、擦れ違いのための駅で、乗客は、降りることができない。

下りの電車と、擦れ違って、やっと、走り出した。

次が、宮ノ下《みやのした》である。ここで、ホームに降りることができたが、下りの電車を待って、乗るのも、どうかと、思った。

上大平台信号所に着いても、ホームに降りられないからである。

幸い、宮ノ下から、上大平台信号所までは、下り道である。木戸は、意を決して、線路脇を、駆け出した。

あじさいの花を、蹴散らすようにして、木戸は、走った。眠気は、どこかへ、吹き飛んでしまっている。

（見つけたぞ。一千万円だ！）

と、走りながら、木戸は、胸のなかで、叫び続けた。

仙人台信号所を通り、大平台トンネルを抜けた。

やっと、上大平台信号所が、見えてきた。

急な勾配を、駆けおりた。が、ホームには、誰もいなかった。

ホームにあがり、端から、端まで、見て回ったが、加東ひろみの姿は、なかった。

宮ノ下から、戻ってくる間に、彼女は、姿を消してしまったのだ。

木戸は、彼女が、あのあと、強羅までいき、ホテルか旅館にチェックインしたかもしれないと思い、問い合わせてみたが、それらしい女が、泊まった形跡は、なかった。

木戸は、東京の加東哲也に、電話を入れた。

木戸が、上大平台信号所のホームで、妹さんを見かけたと、電話でいうと、加東は、

「本当ですか？」

と、電話口で、大声を出した。

木戸は、思わず、顔をしかめたが、

「間違いありません。妹さんでした」

「それで、妹は、今、あなたのところに、いるんですね？」

「それが、信号所は、電車のドアが開かないんですよ。慌てて、次の駅で降りて、引き返したんですが、妹さんは、もう、姿を消してしまっていました」

と、木戸が、いうと、加東は、はっきりと、失望の語調になって、

「じゃあ、妹は、そこに、いないんですか」

「そうなんです。妹さんは、箱根登山鉄道が、好きだと、いっておられましたね？」

「ええ」

「それなら、また、妹さんに出会えるかもしれません」

「そう思いますか？」

「期待はしているんです」

と、木戸が、いうと、加東は、ちょっと黙っていたが、

「妹は、カメラを持っていませんでしたか？」

「カメラ？」

「そうです。妹は、カメラの趣味がありましてね。今、あの登山電車のまわりは、あじさいの花が、盛りでしょう？　ひょっとすると、妹は、あじさいの花や、登山電車の写真を撮りに、現れたのかもしれません」

と、加東は、いう。

「それなら、また、会えるチャンスがあるかもしれませんね。あじさいは、今しばらく、咲いていますから」

と、木戸は、いった。

「そうなってくれると、嬉しいんですが」

「今後も、電車に乗った時は、気をつけて見ています」

「そうして下さい。私も、すぐ、そちらへいきたいんですが、会社のことがあって、身動きが取れないんです。何とかして、力ずくでも、妹を、摑まえて下さい。お願いします」

と、加東は、いった。必死の気持ちが、強く伝わってくる喋り方だった。

登山鉄道の沿線のあじさいは、まだ、しばらく、花を咲かせている。加東のいうように、彼女が、それを写真に撮りにきたのなら、また、現れる可能性がある。上大平台信号所の周辺より、もっと、景色の美しい場所が、いくらでもあるからだ。

翌日も、翌々日も、雨だった。

雨に打たれて、あじさいは、一層、美しくなったが、加東ひろみは、雨が嫌いなのか、現れなかった。

三日目の六月十四日になって、やっと、晴れた。

今日は、ひょっとすると、また、彼女に、出会うかもしれないという気がして、電車に乗ってからも、まず、車内を調べ、それから、駅に着く度に、目をこらした。

最初のスイッチバックの出山信号所に着いた時も、木戸は、ホームの隅から隅まで見渡したのだが、誰の姿も見えなかった。

それが、電車が、動き出す時になって、突然、ホームにあがってきた女がいた。

手にカメラを持っている。

そのカメラで、動き出した、こちらの電車を、写そうとする。

「加東ひろみさん！」

と、木戸は、思わず、怒鳴った。

彼女が、びっくりした顔で、こちらを見た。

「すぐ、戻ってくるから、動くんじゃないぞ！」

と、木戸は、大声を出した。

その間にも、電車は、急勾配を、登っていく。

先日と違うのは、次の駅で、降りられることである。大平台駅に着くと、木戸は、飛び降りた。

出山信号所まで、また、走らなければならない。

急な下り坂なので、足が、がくがくしてきた。

やっと、出山信号所に近づいた時、突然、前方で、何か、パーンという乾いた音がした。

それが、何なのか、わからないまま、木戸は、息を切らしながら、駆け続け、出山信号所のホームに、飛びあがった。

向こうの端あたりに、人が倒れているのが、見えた。

服装から見て、加東ひろみだった。

木戸は、息を整えてから、ホームを駆け出した。

ひろみの倒れている場所まできて、木戸は、呆然と、立ちつくした。

仰向けに倒れたひろみの胸のあたり、白い服が、血で、朱《あか》く染まっていたからである。

その傍に、一眼レフのカメラと、ハンドバッグが、転がっている。

彼女は、もう、目が、うつろになり、ぴくりとも、動かなかった。

何がどうしたのか、木戸には、わけがわからず、しばらくの間、立ちすくんでいた。

次の電車が、ごとごとと、音を立てて、近づいてきて、木戸は、やっと、われに返った。

電車が、ホームに入ってきた。

停車すると、車掌が、飛び降りてきて、

「どうしたんですか?」

と、きいた。

車内の乗客が、窓ガラスに、額《ひたい》を押しつけるようにして、木戸の方を見つめている。

「警察、いや、救急車を呼んで下さい」

と、木戸は、かすれた声で、車掌に、いった。

「どうしたんです？」

と、車掌が、また、同じことをきく。

木戸は、いらだって、思わず、

「俺だって、わからないんだ！」

と、怒鳴った。

運転士も、降りてきた。とにかく、信号所にある専用電話で、連絡してくれることになった。

やがて、救急車と、パトカーのサイレンの音が、同時にきこえてきた。

4

救急隊員が、ホームにあがってきた時には、彼女は、すでに、死亡していた。

パトカーから降りてきた警官が、緊張した顔で、死体を調べ、それから、じろりと、木戸を見た。

「あなたは、この仏さんと、どんな関係？」

と、その中年の警官が、きいた。

「別に、関係は、ありませんよ」

「じゃあ、なぜ、撃たれた時、傍にいたんですか？」

「この近くまできた時、銃声がきこえたんで、きてみたら、女の人が、倒れていたんです。それで、ちょうど、着いた電車の車掌さんに頼んで、警察や、消防に、連絡してもらった。それだけですよ」

「あなたの名前を、きかせてもらえませんかね」

警官が、きく。

その間に、もうひとりの警官が、パトカーに戻って、連絡したらしく、今度は、車で、刑事たちや、鑑識の腕章を巻いた男たちが、どっと、押しかけてきた。

木戸は、小田原警察署に、連れていかれた。

中村という刑事が、木戸に向かって、

「強羅のホテルKのレストランで、マネージャーを、やっているんだってね？」

と、睨むように、きいた。

「そうです」

「おかしいねえ」

「何がですか？」

「今日だって、レストランは、やっているんだろう？」

「ええ」

「それなのに、君は、あの信号所の近くを、歩いていたら、突然、銃声をきいたといっている。まっすぐ、強羅にいくはずの君が、なぜ、あんなところを、歩いていたのかね？　おかしいじゃないか？」

「あじさいが、綺麗だったんで、大平台駅で降りて、ぶらぶら、歩いていたんですよ」

「仕事を、さぼってかね？」

と、中村刑事は、しつこく、きいてくる。

「ちょっと、あじさいを、見たかっただけで、仕事を、さぼる気は、ありませんでしたよ」

と、木戸は、いった。

「本当に、あの被害者を、しらないんだね？」

「しりませんよ」

木戸は、面倒に巻きこまれるのがいやで、嘘をついた。

「彼女は、持っていた運転免許証で、東京の人間で、加東ひろみとわかったんだが、この名前も、しらんのかね？」

と、中村が、きく。

「しりませんよ。しっているはずが、ないじゃありませんか。とにかく、関係ないんだから、早く、帰してくれませんかね」

「まあ、いろいろと、ききたいことがあるから、もう少し、ここにいてほしいね」

と、中村が、いった。

それから、一時間ほどして、また、中村刑事が、木戸を、取調室に、連れていった。今度は、もうひとりの刑事も、一緒だった。

中村の顔が、前より一層、厳しく、険しいものになっていた。

「被害者を、しらない女だと、いっていたね？」

「そうですよ。しらない女です」

「ところが、君は、今日、午前八時一一分小田原発の電車に乗っていて、電車が、出山信号所にきた時、ホームに、彼女がいるのを見て、大声で、叫んだそうじゃないか。すぐ戻ってくるから、動くなとね。同じ電車に乗っていた何人もの乗客が、君の声を、きいているんだよ。そのひとりひとりを、ここに呼んで、証言させようかね？」

中村刑事は、睨むように、木戸を見て、いった。

木戸は、肩をすくめて、

「わかりました」

「やはり、君が、殺したんだな？」

と、中村にいわれて、木戸は、目を剝いた。

「冗談じゃない！」

「何が、冗談なんだ？」

「僕は、殺してなんかいませんよ」

「じゃあ、なぜ、嘘をついたんだ？」

「面倒なことに巻きこまれるのが、怖かったからです」

「信じられんな」

「これは、本当なんです。本当のことを話すからきいて下さい」

「よし。話せ」

と、中村はいい、煙草に火をつけた。

木戸は、加東哲也に、初めて、電車のなかで会ったこと、妹の加東ひろみを見つけてくれと、頼まれたことなどを、ゆっくりと、話していった。

「それで、今朝、彼女を見つけて、大声で叫んだんですよ。待っていてほしくてね。そのあと、大平台で降りて、引き返したんです。出山信号所の近くまできた時、銃声を、きいたんです。嘘だと思うのなら、硝煙《しょうえん》反応を調べて下さいよ。僕が、撃ったのなら、僕の手に、硝煙反応があるはずでしょう?」

「いろいろと、しってるじゃないか」

と、中村は、皮肉な目つきで、いった。

「信じないんですか? 硝煙反応を、調べて下さいよ」

「そんなことをしても、仕方がないよ」

「なぜなんですか?」

「君が、犯人で、彼女を撃ったあと、綺麗に手を洗って、発見者になりすまして、通報したかもしれないからだよ」

と、中村は、いった。

「そんなことは、していませんよ」

木戸は、顔を朱《あか》くして、いった。

「していないという証拠は、ないんだろうが」

と、中村は、そっけなく、いった。

「じゃあ、東京の加東さんに電話して、きいてみて下さいよ。僕の話が、本当だと、わかりますから」

木戸は、必死で、いった。

「まあ、電話してみるか」

と、中村は、いい、取調室を出ていったが、十二、三分すると、戻ってきた。

「電話してみたよ」

と、中村は、不機嫌な顔で、木戸に、いった。

「じゃあ、わかってくれましたね？」

「いや」

「なぜですか？」

「あの電話は、白石《しらいし》興業の社長のものだ」

「白石興業？　何ですか、それは？」

と、木戸が、きいた。

「君の教えてくれた電話だよ。社長が出たが、君なんかしらんと、いってるよ」

中村が、顔をしかめて、いった。

「相手は、加東哲也という人なんです。五月二十三日に、その人が、ホテルKに泊まっているから、調べてくれれば、わかりますよ」

「おい。君」

と、中村は、一緒にいる若い刑事に、声をかけた。

その刑事は、うなずいて、出ていった。

彼は、戻ってくると、中村に、メモを渡した。小声で、話している。

中村は、また、強い目で、木戸を見つめた。

「確かに、二十三日に、加東哲也という客が、泊まっている」

「当たり前ですよ。その男に、頼まれたんです」

「君は、四十歳ぐらいで、身長は、百七十五センチくらい。がっしりした体つきで、顔は、眉が太く、俳優のTに、似ていると、いったな?」

「ええ。そのとおりです」

「ところが、ホテルKのフロント係の話だと、加東哲也という客は、二十五、六歳で、痩せていて、眼鏡をかけている。俳優のTには、まったく似ていないと、いってるんだよ」

と、中村は、いった。木戸は、当惑した。

「そんなはずはないんだ！」

と、叫んだ。

「何がだね？」

「加東哲也というのは、中年の、がっしりした男で、俳優のTに似ているんですよ」

「ホテルのフロント係が、嘘をつくと思うのかね？」

中村に、きかれて、木戸は、黙ってしまった。

同じホテルで働いているから、フロント係のことは、よくしっている。もちろん、嘘をつく連中ではないし、人の顔を覚えるのもじょうずである。

（失敗《しま》った——）

と、木戸は、唇を嚙んだ。

あの男が、自分のことを、加東と名乗っていたし、当日の泊まり客のなかに、加東哲也という名前があったので、何の疑問も持たずに、それを、結びつけてしまったのである。

「そろそろ、何もかも、話してしまわないかね？」

と、中村刑事が、いった。

「何のことですか？」

「君が殺した女のことだよ。どんな関係の女で、なぜ、殺《や》ったんだ？　凶器の銃は、どこへ捨てたんだ？」

中村は、矢継ぎ早に、きいた。

木戸は、激しく、手を振って、

「とんでもない。僕は、殺ってませんよ！」

「強情な男だな」

「僕は、本当のことを、いってるんです。あの男に頼まれて、妹さんを、探していたんです。あの登山電車が好きだから、現れるかもしれないと、いわれてですよ。百万円もらって、引き受けたんです」

「百万円？　それも、初耳じゃないか」

中村の顔が、ますます、厳しくなってくる。

「金をもらって、人探しをしていたと思われるのがいやで、黙っていたんです」

「その男は、五月二十三日に、初めて会ったんだな？」

「そうです」

「初めて会った人間に、百万円も渡して、人探しを頼むかね？　いい加減なことを、いうんじゃないよ」

「本当のことを、いっています。警察に、頼んだが、なかなか、捜してくれないので、仕方なく、私立探偵に頼んだり、僕に頼んだりしていると、いっていたんです」

「警察に、頼んだといったんだな？」

「そうですよ」

「加東ひろみという女性のことで、君のいうことが、本当かどうか、調べてみるが、君には、今日は、ここに、泊まってもらうよ」

と、中村は、冷たく、いった。

否応《いやおう》もない感じで、その日、木戸は、小田原署に、留置された。

（とにかく、調べてもらえば、わかることだ）

と、木戸は、自分にいいように考えたのだが、翌日の午後、また、取調室に連れていかれた時も、中村刑事の表情は、変わっていなかった。

いや、前日より、むしろ、厳しい表情になっている。

「殺された加東ひろみのことを、警視庁にも頼んで、調べてもらったよ」

と、中村は、いった。

「それなら、彼女の兄が、必死で、探していることが、わかったでしょうに」

「探す？　何のためにだね？」

「行方不明になっていたからですよ」

と、木戸がいうと、中村は冷笑して、

「東京の自宅マンションに、三年間も住んでいるのに、どうして、行方不明と、いえるのかね？」

「それ、本当なんですか？」

「間違いないよ。世田谷《せたがや》区内のマンションに、三年間、暮らしていた。ＯＬで、勤め先も、変えていない。そんな女を、なぜ、探す必要があるのかね？」

「――」

「それに、三人姉妹の一番下で、兄はいないんだよ」

「じゃあ、あの男は、嘘ばかり、いっていたんだ。僕は、騙されたんですよ」

「騙す奴が、百万円も、くれたというのかね？」

と、中村刑事は、また、笑った。

「しかし、もらったのは、本当なんですよ。あの男は、妹を見つけて、連れてきてくれたら、一千万でも、二千万でも、払うと、いったんです」

「兄でもない人間が、そんな大金を、何のために、出すのかね？」

「だから、僕は、騙されたんですよ」

「騙された？　自分で、女を殺しておいて、変な作り話をしているくせに、よく、そんなことが、いえるな」

と、中村は、いい、もうひとりの刑事は、一冊のアルバムを、木戸の前に置いた。

「このアルバムに、見覚えがあるね」

と、その若い刑事が、きいた。

「ありますよ。僕のアルバムです」

「そうだ。君のマンションの部屋から、持ってきたんだ。ここを見てみたまえ」

刑事は、アルバムの終わりのほうを開いて、そのページを、木戸に、突きつけた。木戸は、目を剝いた。

そこに、加東ひろみの写真が、八枚も、挟んであったからである。

水着の写真で、にっこり笑っていて、その写真に〈愛しています。ひろみ〉

と、白インクで、書きこまれているものまで、あった。

「君は、彼女のことは、探してくれと頼まれただけで、まったくしらない女だといったはずだぞ。その女の写真が、なぜ、君のアルバムに、入っているのかね？」

中村刑事は、じろじろと、木戸を見た。

「誰かが、彼女の写真を、僕のアルバムに、入れておいたんですよ」

と、木戸は、いった。

「誰が、そんな馬鹿なことをやるのかね？」

「僕を、罠にはめた奴ですよ。あの男だ」

「誰のことかね？」

「僕には、彼女の兄だといい、加東哲也だといっていた男ですよ。僕に、電話をかけさせて下さい」

「誰に、かけるんだ？」

「あなたに渡した東京の電話番号にですよ。僕は、一回、かけて、男の声をきいている。きけば、わかります」

「白石興業の社長のことを、いっているのか？」

「あの電話に出た男が、僕を罠にはめた男です」

「どうするかね？」

中村刑事は、若い刑事に、声をかけた。

「納得させてやったらどうですか？ そうすれば、諦めて、何もかも話すんじゃありませんか」

と、若い刑事が、いった。木戸は、電話のある部屋へ連れていかれた。

「もし、かけて、自分の間違いがわかったら、何もかも喋るんだ」

と、中村は、受話器を、木戸に渡しながら、いった。

木戸は、メモどおりの番号に、電話をかけた。受話器を、耳に、押し当てた。

あの男の声がきこえるはずなのだ。

「もし、もし、白石だが」

と、男の声が、いった。

まったく違った男の声だった。

5

六月十五日に、木戸は、正式に、加東ひろみ殺害容疑で、逮捕された。

凶器の拳銃は、出山信号所近くの小川から発見された。改造拳銃である。

木戸は、ナイフと、モデルガンの趣味があり、彼のマンションから、何丁ものモデルガンが、見つかった。警察では、木戸が、モデルガンを改造し、それで、加東ひろみを、射殺したのだろうと、解釈した。

県警から、引き続き、協力要請を受けていた警視庁では、県警からやってきた中村刑事を案内して、殺された加東ひろみのマンションに、出かけた。

案内したのは、捜査一課の亀井刑事である。

世田谷区駒沢《こまざわ》のマンションだった。

「木戸という男は、自供したんですか？」

と、亀井は、ひろみの部屋を開けて、なかに入ってから、中村刑事に、きいた。

「それが、強情な男で、罠にはめられたの一点張りです」

と、中村は、舌打ちした。

「しかし、彼が、犯人に間違いないんでしょう？」

「そうです。問題は、木戸と、被害者の関係です。彼のアルバムに、彼女の写真が、何枚も入っていたので、一応、わかったわけですが、彼女のところにも、木戸との関係を示すものがあればと、思ったんです」

「なるほど。何か見つかれば、いいですがね」

と、亀井も、いった。

2DKの部屋を、二人の刑事が、調べ始めた。

「手紙の類《たぐい》は、ありませんね」

と、中村は、いった。

「彼女は、煙草は、吸わないんじゃありませんかね?」

亀井が、いった。

「煙草が、どうかしたんですか?」

「煙草がどこにもないのに、ライターがあるからですよ。ジッポーのライターです」

「ジッポー?」

と、中村の声が、大きくなった。

「そうです。ジッポーのオイルライターです」

「木戸は、ナイフと、モデルガンと、それに、ジッポーのライターが好きで、いくつか、集めているんです」

「となると、そのライターは、木戸のものかもしれませんね」

「指紋を、調べてみます」

と、中村はいい、ハンカチで、丁寧に、ジッポーのライターをくるんで、自分のポケットに入れた。

中村刑事は、そのライターを持って、慌ただしく、小田原署に、帰っていったが、夜になって、電話がかかった。

亀井が、出ると、中村は、弾《はず》んだ声を出して、

「例のジッポーのライターですが、案の定、木戸の指紋が検出されました。これで、二人の関係が、実証されました。助かりましたよ」

と、いった。

「それは、よかったですが、木戸は、どういっていますか？　参ったと、頭をさげましたか？」

と、亀井は、きいた。

「それが、木戸は、あくまでも、自分は、犯人じゃない。罠にはめられたんだと、いいつのっていますよ。まあ、否認のままでも、送検することになると思いますが」

と、中村刑事は、いった。亀井が、電話を切ると、上司の十津川警部が、

「まだ、否認しているのかね？」

と、きいた。

「そうらしいです。罠にはめられたんだと、同じことを、繰り返しているようです」

「木戸という男の動機は、何なんだ？　女を殺した動機だが」

と、十津川が、きいた。

「中村刑事の話では、県警は、こう考えているようです。殺された加東ひろみは、箱根と、登山電車が好きで、前にも、時々、きていた。木戸は、強羅のホテルKで、働いているわけですから、その時、二人は知り合い、関係ができた。ところが、木戸には、恋人がいる」

「いるのかね？」

「東京のOLで、三浦みゆきという名前だそうです。木戸は、遊びで、加東ひろみに手を出したが、女のほうが、熱をあげてしまった。始末に困った木戸は、彼女を、箱根に誘い出し、改造拳銃で、射殺した。これが、県警の考えた動機です」

「三角関係の清算か」

「そんなところです」

「どうも、よくわからないな」

と、十津川が、いった。

「どこがですか？　今の若い男は、簡単に、人を殺しますから」

「そうじゃなくて、木戸のアルバムに、何枚も、加東ひろみの写真が、挟んであったことさ」

「県警では、二人の関係を示す証拠だと、いっていますが」

「しかし、木戸は、殺したいほど、加東ひろみという女を、持て余していたわけだろう？」

「そうです」

「そんな女の写真を、何枚も、後生大事《ごしょう》に、アルバムに、挟んでおくものだろうか？」

と、十津川は、いった。

「なるほど。おかしいといえば、おかしいですが、今の若い男の気持ちは、われわれには、不可解ですから」

と、亀井が、笑った。

若い刑事が、部屋に入ってきて、十津川に、

「警部に、面会です」

「誰が？」

「三浦みゆきという若い女性です」

「三浦みゆき？」

十津川は、思わず、亀井と、顔を見合わせてから、ともかく、下の応接室にいってみた。二十四、五歳の若い女だった。

みゆきは、十津川の顔を見るなり、

「あの人を助けて下さい」

と、いった。

「木戸という男のことですか？」

「彼は、無実です」

「そういうことは、弁護士に頼みなさい」

と、十津川は、いった。

「でも、捜査は、警察がやるんでしょう？　その捜査は、間違っていますわ。絶

対に」

と、みゆきは、いった。

6

十津川は、困惑した。

木戸の恋人、三浦みゆきが、無実を叫ぶのは、彼を愛していれば、当然のことだが、だからといって、それを受けて、警視庁が、動くわけにはいかないからである。

木戸は、すでに、神奈川《かながわ》県警が、犯人として逮捕し、否認のまま、送検しようとしている。その捜査に協力したといっても、あくまでも、これは、神奈川県警の事件である。たとえ、疑問があっても、それを、県警に、いうわけには、いかなかった。

「それは、神奈川県警に、いって下さい」

と、十津川が、いい、みゆきが怒って、帰ってしまったあと、亀井は、

「警部は、本当は、どう思われているんですか？」

と、きいた。

「何がだい？　カメさん」

「今度の事件です。強羅のホテルの例の男が、犯人だと思われますか？」

「神奈川県警は、犯人だと断定しているよ。それに、ほかに、容疑者はいないんだ」

「今のところでしょう？」

と、亀井が、いう。十津川は、苦笑して、

「妙に絡むねえ」

「殺された加東ひろみは、なかなかの美人です。いわゆる男好きのする顔をしています」

「つまり、男が、何人もいたんじゃないか。それなのに、木戸という男だけを調べて、犯人と決めたのは、おかしいといいたいんだろう？」

「そのとおりです」

「だがね。木戸は、被害者を、追い回していたんだ」

「そう思われているだけです」

「木戸の証言を、信じるのかね？」

「そうではありませんが、どうも、木戸を犯人と断定したのが、早すぎる気がして、仕方がないんです」

と、亀井は、いった。

「神奈川県警の批判は、よくないね。向こうだって、全力で、捜査したんだし、納得できる結果を得たんだ。われわれが、口を挟むことじゃない」

「それは、わかりますが、三浦みゆきのいうことも、きいてやりたいと思ったんですよ」

「それも、わかるがね。彼女は、われわれより、弁護士に、頼むべきなんだよ。今のところ、われわれには、自由に動く権限がないんだ」

と、十津川は、いった。

もちろん、亀井にだって、そのくらいのことは、わかっているのだ。わかっていて、口にするのは、三浦みゆきが、可哀相に、思えたからだろう。

現実問題として、十津川たちは、世田谷区内で起きた通り魔殺人事件に、駆り出されることになった。

殺されたのは、二十三歳のＯＬで、友人と午後十時近くまで、六本木《ろっぽんぎ》で飲み、成城《せいじょう》のマンションに帰る途中、背後《うしろ》からついてきた犯人に、ナイフで刺されて、死亡したのである。財布などは、盗まれておらず、また、個人的な怨恨の線もうすいことから、変質者の犯行と、みられた。

成城警察署に、捜査本部が置かれて、十津川たちは、変質者の洗い出しに、全力をあげた。

木戸が、起訴されたことは、耳にしたが、三浦みゆきが、どうしているのかは、わからなかった。

何人かの変質者の名前が、浮かんできた。

だが、なかなか、証拠が摑めない。夜になると、ひとりで出歩く癖のある男がいても、それだけでは、逮捕できないのだ。

三日目に、第二の事件が、起きた。

若い女が、刺されて、病院に運ばれたというしらせを受けて、十津川と、亀井は、その病院に、急行した。

場所は、第一の現場から、二百メートルと離れていなかった。

被害者は、手術を受けていた。

二時間待たされた。手術は成功したが、意識は、まだ、不明だという。

十津川は、被害者の身元を確かめたくて、ハンドバッグを調べた。なかに、運転免許証があったが、それを見て、目を剝いた。

三浦みゆきの名前があったからだった。写真も、彼女のものだった。

「偶然だと思うかね？」

と、十津川は、亀井を見た。

「わかりませんが、もし、三浦みゆきということで、狙われたとすると、考えざるを得ませんね」

と、亀井も、いった。

「医者の話だと、第一の事件と同じく、背中を、ナイフのようなもので刺されているそうだ。一見して、同一犯人の犯行と思われるが、ひょっとすると、そう思わせて、別の人間が、三浦みゆきを、刺したのかもしれない」

「三浦みゆきだから、刺されたということですか？」

「かもしれないと思ってね」

と、十津川は、いった。

「それでは、二つのケースを考えて、捜査を進めましょう。変質者の同一犯人の線と、別の犯人の線との二つです」

亀井は、勢いこんで、いった。

「カメさんは、いやに、張り切ってるね」

「あるいは、三浦みゆきを、助けてやれるかもしれなくなったからです」

と、亀井は、いった。

しかし、その三浦みゆきは、いっこうに、意識を回復する気配がなかった。

十津川は、引き続き、現場周辺の変質者を調べる一方、三浦みゆきの最近の行動を調べることにした。

恋人、木戸のために、三浦みゆきが、何をしていたのかを、調べるためでもある。

何人か浮かんでいた変質者の捜査を、西本刑事たちに任せておいて、十津川は、亀井と、三浦みゆきの周辺を、洗うことにした。

みゆきは、木戸が、逮捕された時に、ＯＬ生活をやめていた。

一身上の都合ということで、退職願を、会社に出しているのである。何のために、退職したのかは、想像がつく。

恋人の無実を信じ、彼のために、何とかしたいと、動き回ったのだろう。

十津川に、会いにきた時、すでに、みゆきは、会社をやめていたのである。

十津川に、拒否されたあと、みゆきは、どうしたのだろうか？

いくつかのケースが、考えられた。

小田原署に、木戸に会いにいき、彼の無実を、訴える。

弁護士を頼む。

真犯人がいると信じ、殺された加東ひろみのことを調べた。

木戸の弁護は、東京の仁部《ひとべ》という弁護士が、担当することになっていた。

十津川と、亀井は、明日、小田原へいくという仁部弁護士を、法律事務所に、訪ねた。

思っていたより若い弁護士だった。四十歳ぐらいだろう。

「三浦みゆきさんには、二度会っていますよ」

と、仁部は、いった。しかし、弁護を依頼したのは、木戸の母親だということだった。

「その時、どんな話をしたんですか？」

と、十津川は、きいた。

「彼女は、ひたすら、木戸は、人殺しなんかできる人じゃないと、いっていましたね」

「それで、あなたは、どういったんですか？」

「恋人としては、当然だが、裁判では、何の力にもならない。反証をあげなければ、裁判には、勝てないんだと、いいましたよ」

「彼女の反応は、どうでした？」

「それなら、真犯人を見つければ、いいんですねと、二度目に会った時、いっていましたよ。確かに、そうだが、簡単に見つかるものじゃないことも、いったんですが」

「彼女が、刺されたことは、しっていますか？」

「ええ。新聞で見ましたから。通り魔殺人の犯人に、刺されたと、書いてありましたが」

「二度目の時ですが、彼女は、真犯人を、どうやって、探すと、いっていましたか？」

と、十津川が、きいた。

「被害者の加東ひろみの家族に会ってくると、いっていましたね。だから、会うのはいいが、相手は、木戸が犯人と思いこんでいるはずだから、言葉遣いには、注意するように、いっておきましたが」

「彼女は、それに対して、どんな反応を見せました？」

「黙っていましたよ」

と、仁部は、いった。

7

加東ひろみの家族のことは、神奈川県警から、協力要請があった時、簡単にだが、調べてあった。

両親は、故郷の石川《いしかわ》県に住んでいて、東京には、石神井《しやくじい》に、姉夫婦が、住んでいる。

三浦みゆきは、たぶん、その姉と義兄の夫婦に、会いにいったに違いないと思い、十津川と、亀井は、訪ねていった。

佐東信一郎《さとうしんいちろう》と、冴子《さえこ》の夫婦は、小さな建売住宅に、住んでいる。

夜、訪ねていったので、N化学に勤める佐東も、帰宅していた。

佐東は、十津川たちを見ると、眉をひそめた。

「あの事件は、犯人も、もう捕まっているはずですよ。妹のことで、これ以上、悩まされるのは、ごめんです」

と、佐東は、いった。

「悩まされるというのは、どういうことですか？」

と、十津川が、きいた。

「この間、三浦みゆきとかいう女が、会社にまで訪ねてきました。まるで、自分の恋人が、警察に捕まったのは、私の責任のように、いうんですよ。私が、本当のことを、警察に話さないから、自分の恋人が、捕まってしまったみたいにです。ああいう女には、警察が、ちゃんと、いってくれないと、困りますよ」

「三浦みゆきは、ほかに、あなたや奥さんに向かって、何かいいましたか？」

と、十津川が、きくと、佐東は、なおさら、不快そうな表情になって、

「警察は、あの女の味方なんですか？」

「彼女が、何者かに刺されましてね。意識不明の重体です。それで、調べているわけですよ」

亀井がいうと、佐東は、びっくりした顔になって、

「しりませんでした」

「あなた方に、彼女が、何をきいたか、それをしりたいのですよ。たぶん、亡くなった、あなたの妹さんが、どんな男とつき合っていたかを、きいたんだと、思

いますが」

十津川が、きいた。佐東は、うなずいて、

「そのとおりです」

「それで、どんな返事をされたんですか？」

「正直にいうと、私は、よくしらなかったんですよ、妹のことは。家内は実の姉妹だし、女同士ということで、よく、話をしていました。だから、家内が、返事をしていましたよ」

「じゃあ、奥さん。話していただけませんか」

と、十津川は、佐東冴子に、目をやった。

冴子は、最初は遠慮がちに、話し出した。

「ひろみとは、よく、話をしましたわ。男性の話も」

「ひろみさんは、あなたに、つき合っている男の人の名前を、いいましたか？」

と、十津川は、きいた。

「それが、たぶん、男の人から、口止めされていたんだと思うんですけど、とう とう、名前は、きかせてもらえませんでしたわ」

と、冴子は、いう。

「なぜ、男は、口止めしていたんでしょう？　普通なら、堂々と、あなた方や、ご両親に、ひろみさんと、結婚させてほしいと、いうはずじゃないですかね？」

十津川が、きいた。冴子が、返事をためらっていると、佐東が、

「そりゃあ、男が、結婚にふさわしい人間じゃなかったために、決まっているじゃありませんか。ほかに、考えようがありませんよ」

と、腹立たしげに、いった。

「つまり、男に、妻子がいたとか、犯罪者だったとかいうことですね？」

「そうです。たぶん、相手の男には、妻子があったんだと思いますよ」

「しかし、佐東さん。捕まった木戸には、妻子がありませんよ」

と、亀井が、いうと、佐東は、手を振って、

「恋人がいたじゃありませんか。私たちのところへ押しかけてきた三浦みゆきという恋人ですよ。それなのに、ひろみにも、いい寄っていた。だから、自分の名前をいうなと、妹に、いっていたんです。挙句の果てに、殺してしまったんだ」

「しかし、それなら、三浦みゆきは、刺されなかったと思いますがねえ」

「変質者に襲われたんなら、私どもには、関係なく、襲われるわけでしょう？」

「変質者の犯行とは、思っていないんですよ」

と、十津川は、いった。

「それは、あなたの勝手な解釈でしょう」

と、佐東は、大声でいい、奥の部屋に、入ってしまった。

妻の冴子は、おろおろした顔で、十津川を見たり、亀井を見たりして、

「すいません」

「構いませんよ。佐東さんにしてみれば、いまさらと思われるのは、当然と思います。しかし、われわれは、刑事として、事実を明らかにしなければなりませんのでね。三浦みゆきに、何を話されたんですか？」

と、十津川は、冴子に、きいた。

「私が？」

「そうです。佐東さんが話したとは、思えない。だから、あなたが話したと思っているんです」

と、十津川は、いった。冴子は、しばらく、黙っていたが、

「三浦みゆきさんが、あんまり熱心なので、一つだけ、お話ししたことが、ありましたわ」

「それを、教えて下さい」

「ひろみは、よく、私に、男の人のことを話してくれました。それを、思い出して、三浦みゆきさんに、話したんです」

「どんなことを、話したんですか？」

と、十津川は、きいた。

「ひろみが、話してくれていたことですわ。彼女は、つき合っている男の人のことで、悩んでいて、名前は、いいませんでしたが、いろいろと、私には、話してくれていましたから」

「どんな男性だと、彼女は、いっていたんですか？」

と、十津川は、きいた。

「四十代の男性で、責任のある地位にいる人だと、いっていましたわ」

「ほかには？」

と、十津川は、メモしながら、きいた。

「自分で、車を運転していて、その車は、確かベンツだといっていました。白いベンツです」

「それ、間違いありませんか？」

「ええ。うちの車が、国産の中古なので、うらやましいわねと、いったのを、覚えていますから」

「車が好きな男性なんですかね？」

「そうらしいですわ。ベンツのほかに、ジャガーを、持っていると、いっていましたもの」

「金持ちのようですね？」

「ええ、そうらしいんです」

「ほかには、何か、きいていませんか？」

「旅行の好きな男の人だと、いっていましたわ。なんでも、旅の景色とか、列車とかを、写真に撮って、アルバムにしておく人で、ひろみも、一緒に旅行をしたり、頼まれて、写真を撮ったりしていたみたいなんです」

「頼まれて、ひとりで、旅行したりしていたわけですか？」

「ええ。いつだったか、北海道《ほっかいどう》から、突然、電話が、かかってきたんです。それで、彼と一緒なのって、きいたら、ひとりでいるといいましたわ。なんでも、北海道で、廃止になる鉄道があって、それを、彼に頼まれて、写真を、撮りにきたんだと、いっていましたわ」

と、冴子は、いった。

「ほかに、どんなことでもいいから、話して下さい」

と、十津川は、頼んだ。

「私は、姉ということで、ひろみのことが、心配で、時々、つき合っている男の人のことをきいていました。それで、いつだったか、こんなふうに、ひろみが、恋人のことを、話してくれたんです。彼は、自分で車を運転して、レースに出る人で、去年の十月に、鈴鹿《すずか》サーキットで、ストックカーレースで、三位になったんだと、いっていましたわ。その時、ひろみも、応援にいったんでしょうと、きいたら、寂しそうに、笑っていたんで、ああ、奥さんのいる男性なんだって、思いましたわ」

と、冴子は、いった。

「そのことを、三浦みゆきに、話しましたか？」

「ええ」

「ありがとう。助かりました」

と、十津川は、礼を、いった。

8

「木戸じゃありませんね」

と、外に出たところで、亀井が、十津川に、いった。

「ああ、別人だよ」

「それで、三浦みゆきは、問題の男が誰か調べて、近づいたんでしょうね」

「われわれも、調べてみようじゃないか」

と、十津川は、いった。

調べるのは、そう難しくはなかった。

昨年十月、鈴鹿でおこなわれた自動車レースを、調べればいいのだ。

主催者に、電話できいてもいいし、昨年の新聞で、調べることもできる。

十津川は、捜査本部に戻ってから、主催者団体に、電話をかけてみた。

ストックカーレースは、上級、中級、初級の三つのレースがおこなわれていた。

十津川は、それぞれのレースの三位の人間の名前や、略歴を、きいた。

上級レースの三位は、二十五歳の男だった。これは、四十代の男という冴子の話に、合わない。

初級の三位も、若い男だった。

中級のレースの三位は、四十五歳の会社社長である。

名前は、平野一成《ひらのかずなり》。インテリア会社の社長だと、教えられた。

たぶん、三浦みゆきも、簡単に、その名前をしったと思われる。

問題は、このあと、彼女が、どんな行動をしたかである。

どうやって、平野一成という男に近づいたかである。

「直接、その男に、会ってみるかね？」

と、十津川は、亀井に、きいた。

「いくらきいても、三浦みゆきのことは、否定すると、思いますよ」

「わかってるが、どんな男か、まず、見てみようじゃないか」

と、十津川は、いい、翌日、二人は、平野に、会いに出かけた。

三十畳はある広い社長室である。壁には、ずらりと、パネル写真が、並んでいた。ストックカーレースの写真、列車の写真、それに、旅の写真だった。

「趣味が、広いですねえ」

と、十津川は、感心したように、いった。が、平野は、眉を寄せて、

「刑事さんが、何のご用ですか？」

と、きいた。

「今、三浦みゆきという女性が刺された事件を、追っているんですよ」

「そんな女性は、しりませんよ。なぜ、私と結びつけるんですか？」

「彼女が、あなたのことを、調べていたことが、わかったからです」

「なぜ、私のことを、調べていたんですか？」

「そこまでは、まだ、わかりませんがね」

と、十津川は、わざと、いった。平野は、小さく笑って、

「それで、私を容疑者扱いですか？」

「いや、何とかして、彼女を刺した犯人を見つけたくて、いろいろな人に会って、彼女の足跡を、追っているわけです」

と、十津川が、いうと、平野は、いくらか、余裕のある顔になって、

「協力したいとは思いますが、その女性を、まったくしらないんですよ。申しわけないが」

と、いった。

「会ったこともない？」

「名前をきくのも、初めてですよ」

「では、加東ひろみという女性を、しっていますか？」

十津川は、いきなり、話題を変えた。

平野の顔が、一瞬、歪んだように見えた。が、すぐ、立ち直って、

「しりませんね」

と、首を横に振った。

「写真がお好きのようですね」

亀井が、パネルを、見回して、いった。

「そうですよ。好きですよ」

「奥さんと一緒に、旅行されるんですか？」

「いや、家内は、あまり、旅行は好きじゃないんで、私ひとりで、いくことにしています」

「なぜ、一緒にいかないんですか？　旅行は嫌いでも、自動車レースは、嫌いじゃないんでしょう？」

「私のプライバシイにまで、立ち入るんですか？　私にも、弁護士は、いますよ」

と、平野は、怒りの声で、いった。

「箱根登山電車に、お乗りになったことがありますか？」

と、十津川が、きいた。

また、平野の顔色が、変わった。

「何という電車ですって？」

「箱根登山電車ですよ。列車に詳しいあなたなら、きっと、ご存じと思ったんですがね」

「ああ、名前はしっていますよ」

と、平野は、顔色を戻し、努《つと》めて、微笑を見せた。

「乗ったことは？」

「ありませんね。どんな電車かもよくしらないんです。なぜ、そんな電車のことを、おききになるんですか？」

「いや、列車がお好きだというので、どんな列車のことも、ご存じじゃないかと思いましてね」

「確かに好きですが、何しろ、忙しいので、ほとんど、乗ることができないのですよ」

と、平野は、いった。

「ご自分がいけない時は、誰かに、その列車の写真を、撮ってきてもらうわけですか？」

「頼んだことはありますよ」

「誰にですか？」

「ちょっと待って下さい。まるで、私が、尋問されているみたいじゃありませんか」

と、平野は、文句を、いった。

「これは、申しわけない。何しろ、殺人と、殺人未遂の二つの凶悪事件を追っているものですからね」

「私は、関係ありませんよ」

「六月十四日の午前九時頃、どこにおられましたか？」

「弁護士を、呼びますよ」

「何かまずいことでもありますか？　ただ、どこにおられたかと、おききしているだけなんですが」

「その時間なら、いつものように、この社長室にいたと思いますよ」

「しかし、この部屋には、あなただけが、おられるんでしょう？」

「当たり前でしょう、社長なんだから。とにかく、もう帰ってくれませんかね。本当に、弁護士を呼んで、あなた方を、訴えますよ」

と、平野は、いった。

9

「平野一成は、クロですよ」

と、亀井が、いった。

十津川は、パトカーの座席から、今、出てきた建物に、目をやった。

「そうだと思うが、どうやって、証明するかね？」

「とにかく、あの男のことを、調べましょう。それと、殺された加東ひろみのことです。二人が関係があったことがわかれば、突破口にはなりますよ」

「もう一度、彼女のマンションを、調べてみよう」

と、十津川は、いった。

そのまま、二人は、加東ひろみのマンションに、回った。

木戸の指紋のついたジッポーのライターが見つかったが、あれは、平野が、木戸のところから盗み出して、置いておいたものだろう。平野は、その代わりに、彼女の写真を、木戸のアルバムに、入れておいたのだ。

犯人が、それだけのことをした部屋で、何か見つかるとも思えなかったが、二人は、なかに入った。

平野に結びつくものを捜したが、やはり、見つからない。

「見つかりませんね」

と、亀井が、いった。

「見つかるほうが、おかしいのさ」

と、十津川は、いってから、一冊の本を見つけて、手に取った。

「時刻表ですね」

と、亀井が、いう。

「ああ、一冊だけだ。それに、今年の六月号だよ」

と、いって、十津川は、ページを繰《く》っていたが、一枚のメモが、挟んであるのが、見つかった。

そのメモには、次のようなことが、書きこんであった。

「何ですか？　それは」

と、亀井が、覗きこんで、きいた。

「わからないが、時刻表に挟んであったところをみれば、どこかの線路だろうね」

「ひょっとして、箱根登山電車のじゃありませんか？」

と、亀井が、いった。

「たぶん、そうだよ」

と、うなずきながら、十津川は、じっと、見つめていた。

「もし、箱根登山電車とすると、Gは、ゴールではなくて、強羅のことだろうね」

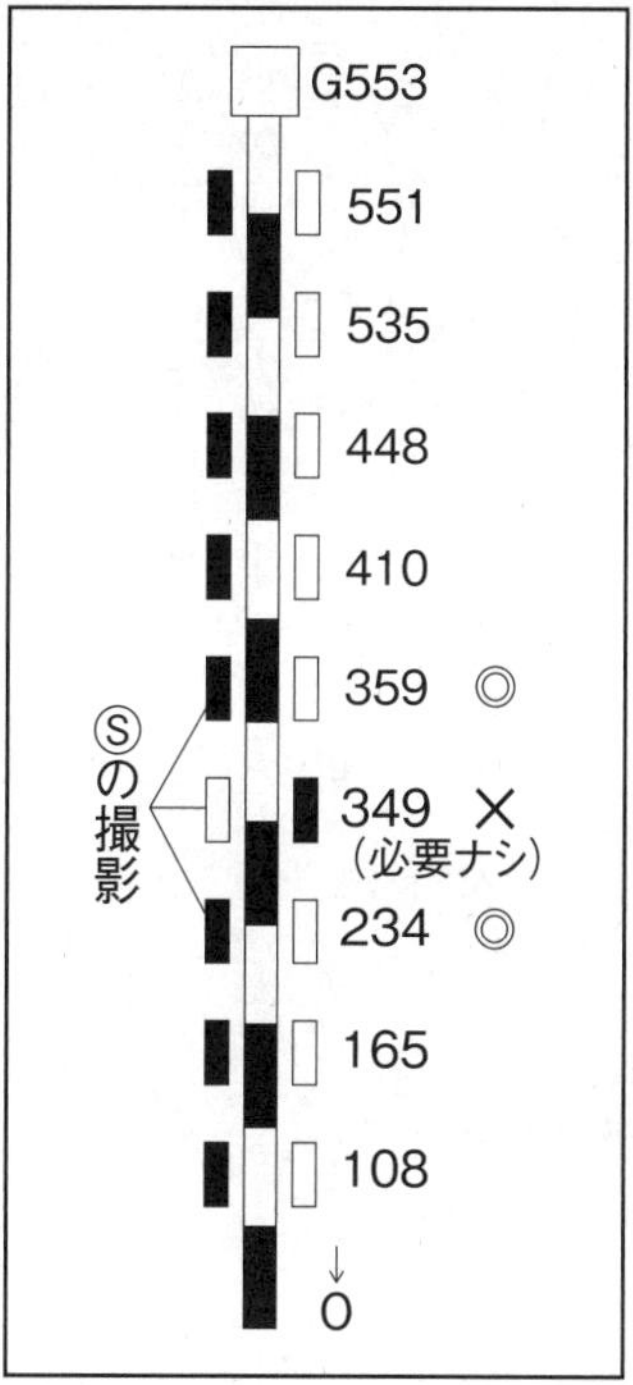

「Oは、小田原ですか？」

「かもしれない」

「数字は、何ですかね？」

「わからんよ。私も、乗ったことがないんだ」

「どうですか。明日、一緒に、乗ってみませんか」

と、亀井が、いった。

「いいね。そのあとで、できれば、木戸という男にも、会ってみたいね」

と、十津川は、いった。

翌日、二人は、新宿から、小田急線の特急ロマンスカー「はこね」に、乗った。

特急ロマンスカー「はこね」は、箱根湯本まで、いく。

そこで、箱根登山鉄道に、乗り換えである。

箱根湯本駅の標高は、一〇八メートルと、しらされて、メモの数字が、すべて、標高であることが、わかった。

やはり、箱根登山鉄道の駅だったのである。

「これは、きっと、平野が書いて、加東ひろみに渡したメモですよ」

と、亀井が、いった。

「あとで、筆跡を、鑑定してもらおう。カメさんのいうとおりなら、平野が、写真を撮ってきてくれと、加東ひろみに、頼んだことが、証明されるな」

「Sは、たぶん、スイッチバックですよ。この電車は、三回、スイッチバックがあるそうですから」

「それを、ホームで、撮ってきてくれと、頼んだんだな。木戸に、見つけさせ、あとで、射殺するために」

「そう思います」

「それで、二つの駅に、二重丸か。しかし、その真ん中の駅も、スイッチバックをするんだろう？　それには、×印がついていて、必要ナシと、書いてあるが、なぜかな？」

「とにかく、いってみれば、わかりますよ」

と、亀井は、いった。

二人の乗った二両編成の電車は、ゆっくりしたスピードで、次の駅に向かって、走り出した。

まだ、梅雨は明けていなくて、空は、どんよりと曇っていたのだが、それだけにかえって、蒸し暑かった。

窓を開けると、湿っぽい空気が、入ってくる。

小さなトンネルを、いくつかくぐり抜けて、最初の駅である塔ノ沢に着いた。
五、六人が降りた。が、乗ってくる客は、いなかった。
塔ノ沢を出ると、真新しい鉄橋を渡った。窓の外を見ると、はるか下方に、早川が流れているのが見えた。五、六十メートルの高さはあるだろう。

また、トンネルを抜け、次の駅に着いた。が、行き止まりの駅である。

電車のドアは、開かない。ホームに、乗客もない。よく見れば、スイッチバックのための駅である。いや、駅といわずに、出山信号所というらしい。

ここで、加東ひろみが、射殺されたのだ。

電車は、反対方向に、登っていく。

次の駅も、行き止まりで、スイッチバックで、反対方向に、登っていく。

だが、ここは、大平台駅で、乗客の乗り降りがある。

三つ目のスイッチバックは、第一と同じく、ホームのある駅ふうだが、ドアは開かず、乗客の乗り降りもない。

「それでか」

と、十津川は、窓の外を見やって、いった。

「平野は、加東ひろみに、この地点のスイッチバックを、写真に、撮ってきてくれと頼んだ。その時、第一と、第三の信号所のホームでといい、第二の大平台駅は、必要ないと、いったわけですね」

「第一と第三のスイッチバックは、信号所で、ホームに、乗客がいない。犯人が、加東ひろみを射殺しても、わからない。だが、第二の大平台駅は、ホームに、いつ電車を待つ乗客が入ってくるかわからないから、×印をつけておいたんだよ」

と、十津川は、いった。

「最初は、ホームが、逆だからかと、思っていたんです。メモの図を見ると、第二の大平台だけが、反対側のホームが、黒く塗りつぶしてありましたからね」

と、亀井は、いった。

「片方の窓側に座っていて、反対側のホームに、加東ひろみがいても、木戸は気がつかない。それで、ホームが反対側になる大平台駅には、いかせなかったというんだろう？」

「そうです」

「しかし、今、三つのスイッチバックをすぎてみて、それが、間違いと、わかったじゃないか。スイッチバックを、正確に描くと、こうなるんだ」

十津川は、手帳を取り出して、次のように、描いた。

「つまり、進行方向に対して、大平台駅のホームは、反対側になるが、スイッチバックだから、乗客に対しては、同じ方向に、ホームがあったことになるんだ」

「なるほど」

「それをメモに描いてみせたのは、犯人の企《たくら》みだと思うね。加東ひろみが、怪しく思った時、大平台は、強羅方向と反対側に、ホームがくるから、除外してくれと、いうつもりだったんだろう。しかし、本当は、乗客の乗り降りする駅だからなんだ。殺すところを、見られたくなかったのさ」

と、十津川は、いった。

10

強羅で降りると、二人は、小田原へ引き返し、まず、捜査本部に、顔を出した。

現在、木戸は、勾留中だが、会うためには、捜査本部の了解を得ておきたかったからである。

捜査本部は、いい顔はしなかった。それが、当然だろうが、十津川が、三浦みゆきのことを話し、説得して、やっと、木戸に会うことを承知してくれた。

十津川が、留置場にいった。

木戸は、突然、警視庁の刑事が訪ねてきたことに、戸惑っているようだったが、

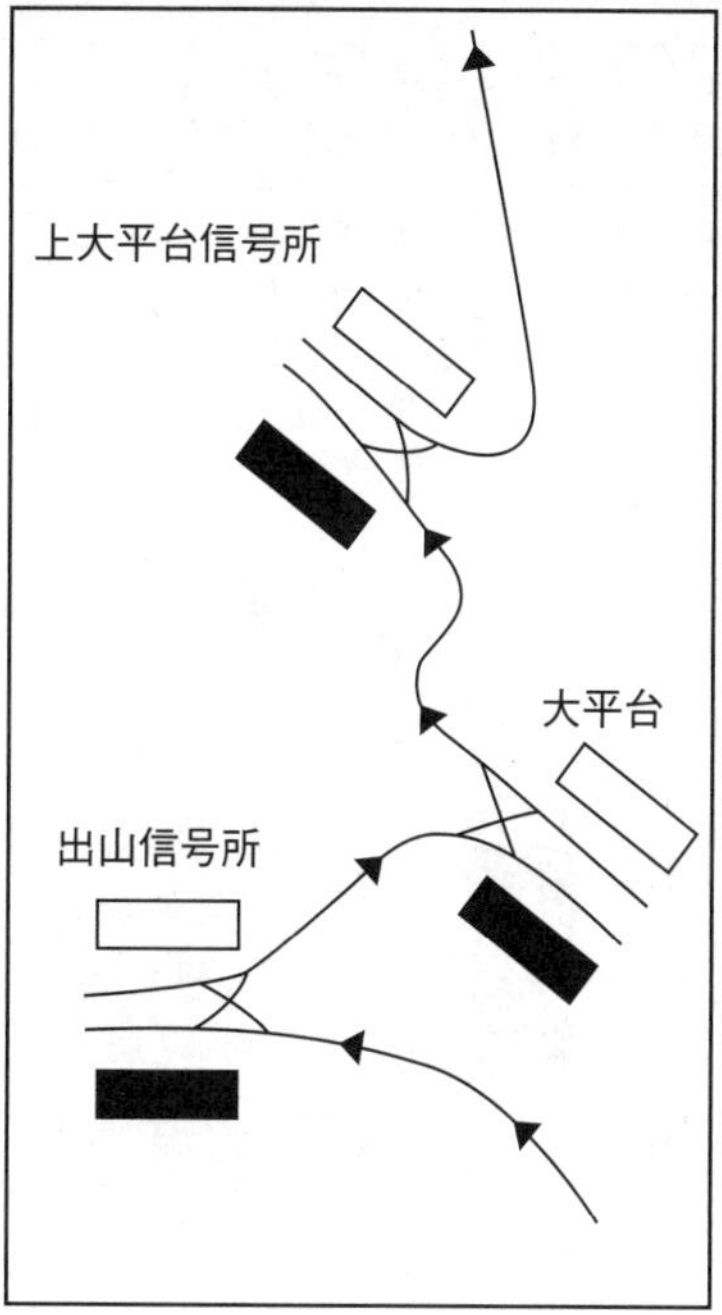

「みゆきは、大丈夫ですか？」

と、きいた。

「まだ、意識不明ですが、助かるようです」

と、十津川は、いったあと、

「これを見て下さい」

と、平野一成の写真を、見せた。

木戸は、じっと見ていたが、顔色を変えた。

「これは、僕に、妹を探してくれと頼んだ男ですよ！」

「やはり、そうですか」

「何者ですか？　この男は」

木戸は、目を据えて、きいた。

「平野一成。地位も、金もある男で、殺された加東ひろみと、関係がありました」

「この男が、犯人なんですか？」

「たぶんね。だが、忙しい男だから、どうやって、あなたのことを調べたかがわからない。犯人は、あなたのことを、よく調べていますからね。あなたが、毎日、箱根登山電車でホテルに通っていること、モデルガンを集めていることなど、よくしっていて、罠にはめたと思われるのでね」

「そうですね」

「共犯がいたのかもしれません」

「共犯？」

「この男が、あなたに、妹を探してくれと頼んだ時、ホテルに、加東という泊り客がいたので、てっきり、本当の兄だと思いこんだそうですね？」

「ええ。加東哲也というお客がいたんです。あとで、まったく関係のない人だとわかりましたが」

「いや、偶然というのは、考えにくいな。その男が、共犯かもしれません」

「しかし、二十代の若い男だそうですよ」

「ええ。若いほうが、走り回ってもらうにはいいでしょう。平野は、この男が、たまたま加東姓だったので、金を与え、あなたのことを、調べさせたんだと思いますね。毎日、あの電車で通っていることは、ホテルの人は、しっていますか？」

「みんなしっていますよ。何時の電車で、出勤するかもです」

「それなら、簡単だ。モデルガンを集めていることは、内緒でしたか？」

「いや、ガスガンを使って、箱根の仙石原《せんごくばら》で、サバイバルゲームを、仲間とやったりしていましたから、しっている人間は、多かったと思います。専門雑誌に、仲間と一緒に、載ったこともあります」

と、木戸は、いった。

「それなら、調べるのは、楽だったでしょう」

「やっぱり、僕は、あの男に、罠にはめられたんですか？」

「その可能性は、大きいと、思いますよ」

「じゃあ、すぐ、僕を釈放して下さい！」

と、木戸は、大きな声を出した。

「まだ、証拠がありません」

と、十津川は、冷静に、いった。

木戸は、顔を、朱くして、

「しかし、僕は、犯人じゃありません。あなただって、それがわかったから、会いにきてくれたんでしょう？」

「正確にいえば、あなたが、罠にはめられた可能性があるので、会いにきたんです。これから、東京へ戻って、もう一度、調べ直せば、あなたを、釈放できることになるかもしれません」

「助けて下さい。お願いします！」

と、木戸は、叫んだ。

十津川は、留置場を出ると、亀井と合流し、すぐ、東京に引き返すことにした。

新幹線のなかで、十津川は、木戸と会った時のことを、亀井に、話した。

「あの男は、シロだね。問題は、それを証明できるかどうかだが、私は、加東哲也という男が、共犯じゃないかと、思っているんだ」

「平野が、金で、雇いましたか？」

「別に、殺人をやれといわれたわけじゃないし、木戸のことを調べるだけなら、喜んでやったんじゃないかね」

と、十津川は、いった。

「では、この男から、当たってみますか」

と、亀井も、いった。

東京に帰ったのは、もう、夜である。

それでも、十津川と、亀井は、その足で、加東哲也のマンションに、回ってみた。

　確かに、若い男だった。

　1LDKのマンションに、ひとりで、住んでいた。

「強羅のホテルに、最近、泊まっていますね？」

　と、十津川が、きくと、加東は、眉をひそめた。

「それが、いけないことなんですか？」

　と、いった。

　十津川は、苦笑しながら、

「別に、いけなくはありませんが、そのホテルのレストランのマネージャーが、殺人容疑で逮捕されましてね。木戸という男です」

「しりませんよ。そんなことは」

「事件をしらないんですか？　それとも、木戸という男をしらないということですか？」

「両方とも、しりませんよ。何のことをいってるんですか？」

「平野一成という名前は、しっていますね？」

　と、十津川は、きいた。

「しりません」

「どんな男かって、きかないんですか？」

と、亀井が、いうと、加東は、一瞬、狼狽の表情になって、

「なぜ、そんなことをしなきゃいけないんですか？」

と、食ってかかった。

十津川は、笑って、

「普通は、そうするものだからですよ。われわれは、あなたが、平野一成を、しっていると、思っています。彼に頼まれて、あなたは、木戸のことを調べ、強羅のホテルにも、泊まった。あなたは、別に、悪いこととは思わなかったのかもしれないが、これは、殺人事件です。このままだと、あなたは、殺人の共犯になってしまうのですよ」

「冗談じゃない！」

と、加東は、甲高い声をあげた。

「私だって、冗談なんかいっていませんよ」

と、十津川は、厳しい声で、いった。

「僕は、関係ないんだ」

「警察を見くびっちゃいけませんよ。あなたと、平野の関係なんか、すぐ、調べあげてしまう。その時になったら、われわれは、あなたを、殺人の共犯ということで、逮捕する。五、六年は、刑務所へいくことになりますよ」

と、十津川は、いった。

「脅かさないで下さいよ。弁護士を、呼びますよ」

「平野の顧問弁護士に頼みなさい」

と、十津川は、いった。

「何とかして、僕を、殺人の共犯にしたいみたいですね」

「したいわけじゃありませんよ。むしろ、あなたを助けたいんだ。まさか、殺人に利用されるとはしらずに、平野一成に利用されたということなら、警察でも、いろいろと、考えますよ」

と、十津川は、いった。

加東は、完全に、黙ってしまった。

11

十津川は、亀井と、マンションを出た。が、すぐ、西本と日下を呼び、加東を見張らせることにした。

「彼が、動くと、思いますか？」

と、亀井が、きいた。

「あの男、若いし、夢を持っていると思う。それが、刑務所へ入れられたら大変だと思っているはずだよ」

「どうすると思いますか？」

「逃げるか、平野に相談するか、われわれにすべてを話すかのどれかだろうね」

「平野に話されると、困りますね。平野が、逃げてしまうかもしれません」

「だから、西本と日下の二人には、わざと、わかるように、尾行しろと、いってある。尾行されていては、平野には、会いにいけないだろう」

「しかし、電話で、連絡を取る可能性がありますよ」

「それも、使えないようにするさ。これから、平野に電話して、話し中にしておくんだ」

と、十津川は、笑った。

十津川は、すぐ、それを、実行した。平野一成に電話をかけ、そのあと、彼を、呼び出して、繰り返し、事件のことを、質問した。

三日間、それを続ける一方、加東哲也の周辺を、徹底的に、調べさせた。これも、わざと、加東に、わかるようにである。

もうひとつの問題は、最初に、平野が木戸に教えた、電話番号である。

木戸が加東ひろみを見つけ、その電話番号に、電話をしたときには、すぐに、平野が出てきている。

しかし、その後は、白石興業の社長の電話になっている。

調べてみたが、この電話は、ずっと白石興業のものであった。

この謎をとくために、亀井は、白石興業を訪れた。

そして、木戸が、平野に、電話をかけた、六月十一日は、会社の創立記念日で、休業になっていた事実を、摑んだ。

さらに、平野の会社が、白石興業の社内インテリアを、担当していたことも、判明した。

どうやら平野は、白石興業の社長室の合鍵を作っておいて、その創立記念日に合わせて、加東ひろみを、箱根にいかせ、木戸にその姿を目撃させ、その電話番号に、電話をかけさせたらしい。

平野は、その時間に、無人の白石興業にしのびこみ、社長室で、その電話を待っていたというわけだ。

加東を監視し、尾行した西本たちの話では、加東が、次第にいらだち、ノイローゼ気味になってきたと、いう。

四日目に、突然、加東から、電話がかかった。降伏したのである。

加東は、平野に頼まれて、木戸のことを調べ、強羅に泊まったことを、認めた。

「平野が、なぜ、僕を雇ったのか、わからないんです」

と、加東は、いった。

「あなたが、加東という名前だったことと、若くて、動き回ってくれるだろう、また、若いから、金をほしがるだろうという三点じゃなかったですか」

と、十津川は、いった。

「もらったのは、百万円だけです」

「やっぱり、金ですか？」

「金は返します。これで、平野は、逮捕できるんでしょう？　そうなれば、僕は、警察に協力したということで、大目に見て下さい」

と、加東は、いった。

十津川は苦笑して、

「まあ、何とか考えますが、もう一つだけ、協力して下さい」

「しかし、もう平野は、逮捕できるんでしょう？」

「いや、平野は、否定するから、無理です。それで、あなたに、協力してもらいたいのですよ」

「何をすれば、いいんです？」

「平野に電話して、こういって下さい。木戸のことを調べさせられているうちに、何となく怪しいと思って、箱根登山鉄道の周辺を調べていた。そうしたら、たまたま、あなたが、スイッチバックの出山信号所のホームで、女を射殺するのを見てしまった。それを、今まで黙っていた礼として、一千万円もらいたいと、いって下さい」

「一千万円もですか」

「金額が多くないと、相手は、信用しませんよ。その金を、明日の午後三時に、同じ出山信号所まで持ってこいとね」

「あの男は、きますかね」

「必ず、きますよ」

と、十津川は、いった。

翌日の午後一時。

加東哲也は、出山信号所のホームの傍にいた。

五、六分して、平野一成が、近づいてくるのが、見えた。

加東が、ホームにあがって待つと、平野も、あがってきた。

「一千万円、持ってきてくれましたか？」

と、加東は、声を震わせて、いった。

「ああ、持ってきたよ」

平野は、落ち着いた声でいい、小さなボストンバッグを、加東に渡した。

加東が、中身を見ているうちに、平野は、改造拳銃を取り出した。

目をあげた加東の顔色が、真っ青になった。

「僕まで殺すのか？」

「君が、欲張らなければ、よかったんだよ」

「待ってくれ！」

「駄目だな。次の電車がくるんでね」

と、平野が、いい、拳銃を構えた時、ハンドマイクを使った大きな声が、響きわたった。

「平野一成。銃を捨てるんだ。君を逮捕する！」

びっくりして、平野が、周囲を見回した時、若い二人の刑事が、ホームに、飛びあがってきた。

続いて、ホームにあがった十津川が、加東に向かって、

「困りますね。打ち合わせた時間を、勝手に、変えられては」

といった。

「わかっていたんですか？」

まだ、蒼い顔で、加東は、手錠がかけられている平野を見、十津川を見た。

「残念ながら、よくあることなんでね。一千万円という大金のために、警察を裏切るというのはですよ。いったん、三時と、平野にいっておいて、あとで、一時に訂正しておいたんでしょう？　われわれは、そんなことも考えて、今朝から、

ずっと、張っていたんですよ」

と、十津川は、暗い目で、加東を見た。

「僕も、逮捕されるんですか？」

「こんなことをして、逮捕されないと思ったのか！」

と、亀井が、叱りつけた。

「でも、僕は、結果的に、平野の逮捕に、協力したじゃありませんか」

加東は、文句を、いった。

「それは、弁護士にいいなさい」

と、十津川は、冷たく、いった。


（この作品はフィクションで、作中に登場する個人、団体名など、全て架空であることを付記します。）

本書は二〇一〇年六月、祥伝社より刊行されました。

双葉文庫

に-01-106

十津川警部《とつがわけいぶ》 捜査行《そうさこう》

宮古行《みやこゆき》「快速《かいそく》リアス」殺人事件《さつじんじけん》

2022年8月7日　第1刷発行

【著者】
西村京太郎《にしむらきょうたろう》

【発行者】
箕浦克史
【発行所】
株式会社双葉社
〒162-8540 東京都新宿区東五軒町3番28号
［電話］03-5261-4818(営業)　03-5261-4831(編集)
www.futabasha.co.jp（双葉社の書籍・コミックが買えます）
【印刷所】
大日本印刷株式会社
【製本所】
大日本印刷株式会社
【カバー印刷】
株式会社久栄社

【フォーマット・デザイン】
日下潤一

ISBN978-4-575-52589-2 C0193
Printed in Japan